TITAN NOIR

Du même auteur au Rouergue

Mamie en miettes, **collection doado, 2003**
La main de l'aviateur, **collection doado, 2007**
Le garçon talisman, **collection doado, 2012**
Le royaume des cercueils suspendus, **collection épik, 2014**

Illustration de couverture : © **Ronald Curchod**
Graphisme de couverture : **Olivier Douzou**

www.lerouergue.com

doado

Florence Aubry

TITAN NOIR

rouergue

Très embêté par les abeilles
Il secoue ses grandes oreilles
Mais...
Ça a des oreilles, les lézards ?
Bizarre bizarre...

À Sara et Alex

Il va lui faire du mal et je pense qu'ils le savent. Ça va arriver, malgré lui. Un jour, ses gestes seront les mêmes que tous les autres matins, la fille ne fera rien de plus et rien de moins, la journée se déroulera comme toutes les autres journées, avec ses foutus points d'orgue toutes les heures... onze heures... quatorze heures... Il y aura toujours sa gentillesse, sa voix douce, sa main confiante, son sourire grand et franc, et pourtant il lui fera du mal.

Je sais comment ça se passera. Il l'attrapera par un pied ou par un bras, peu importe, ce qui dépassera. Il coincera un morceau d'elle dans sa bouche et il l'emmènera tout au fond, là où elle ne pourra plus respirer, là où la masse d'eau au-dessus d'elle fera pression comme un étau sur chaque parcelle de sa peau, et ce sera vite fini. Elle ne sera qu'une pauvre poupée de chiffon, et pas l'amie qu'elle croit déjà être. Je le vois, dans ses yeux, dans tout son comportement, qu'elle pense ça, qu'ils sont des amis, qu'elle lui fait du bien, qu'elle allège sa douleur. Qu'ils sont complices. Qu'elle l'a compris.

Ils ne sont pas amis. Il n'a pas d'amis. Il est seul au monde.

Jamais il ne sera ami avec l'un d'entre nous, même si autrefois, ça aurait pu être le cas. Et pourquoi ? Parce qu'il y a bien longtemps qu'il sait qui nous sommes, il sait exactement qui et comment nous sommes, et le mal que nous sommes capables de lui faire. Il n'y a pas de limite à la douleur que nous pouvons lui infliger.

Je sais que cela va arriver, parce qu'il l'a déjà fait. Deux fois. À la première, j'ai pensé que c'en était fini de lui. Mais évidemment que non, parce qu'il y a l'argent. Il est massif, spectaculaire. Et surtout il est reproducteur. Il vaut beaucoup d'argent. Il n'y a que ça qui compte, dans les endroits comme ici. L'argent.

Il l'a déjà fait, de tuer… je dis lui, mais je ne sais pas si c'est lui, vraiment. C'est juste l'histoire d'un moment, un instant même, où la part la plus noire de cet animal, la part la plus blessée, la part la plus douloureuse, la plus souffrante, la part la plus folle, prend enfin le contrôle et montre qu'elle existe. Qu'elle peut agir. Qu'une forme de liberté lui appartient encore, malgré tous les coups, tous les asservissements. Qu'elle peut montrer de la colère et de la révolte. Alors tout le monde a peur et tout le monde pleure. Et bientôt, à nouveau, tout le monde pleurera. Sur cette jeune femme cette fois.

Mais qui pleure sur lui ?

Moi je suis là. Je regarde, parce qu'on m'a autorisé à le faire. Peut-être que j'empêcherai que quelque chose arrive. Mais est-ce que j'en ai vraiment le désir, de l'empêcher ?

Cette fille qui est venue me parler, elle prend de l'assurance. De plus en plus. Elle veut obtenir plus. Je sens que ma colère prend le dessus, à nouveau. Je sens l'envie qu'Oscuro la saisisse, la fasse tourbillonner en tous sens jusqu'à ce qu'elle arrête de bouger. Comme il l'a déjà fait avec d'autres. C'est sûr ça ne le sauvera pas. C'est sûr, ça ne changera rien à tout ça. Mais ça le libérera. Un peu. L'espace d'une dizaine de minutes. Après ça on l'enverra dans un autre bassin. Avec un autre pantin et son sifflet planté dans la bouche.

Il faut qu'il tienne. Je n'ai pas envie que ça recommence. Le hamac. Un autre parc. Les médicaments qui tournent la tête et rendent malade.

Elfie

Je gravis la courte série de marches quatre à quatre, je manque de m'étaler sur la pierre, avec cette pluie froide qui rend toute surface glissante. Mais c'est la mousse aussi, quand est-ce que maman se décidera à les nettoyer, ces marches, à les brosser, ou à prendre quelqu'un pour s'en occuper si elle a la flemme de le faire ?

Il faisait pourtant beau, ce matin, quand j'ai ouvert les yeux ! Un soleil magnifique, juste un voile de brume, vers le sud, mais rien de bien méchant. Le footing de fin d'après-midi avec Maxime, il va falloir oublier, à présent le ciel est d'encre, noir comme de la suie ; il va crever sous peu, c'est forcé, je connais le ciel d'ici par cœur, je sais comment ça finit.

C'est comme ce jardin, quand est-ce que maman prendra enfin les choses en main ? Ces vieux pots de fleurs cassés, ça fait dégoûtant, ces herbes folles, on dirait un coin de cimetière abandonné. Ce n'était pas comme ça, avant. Tout ici était nickel chrome, il y avait même un coin où on faisait pousser des aromates, pour le restaurant. Ciboulette, sauge, basilic. Avant, il y a longtemps. Quand on était une famille, quand papa était là, et qu'il n'avait pas encore fait ce qu'il a fait. Avant que tout ne dérape irrémédiablement.

– Eh ben, pas trop tôt !

– Quoi, pas trop tôt ? On avait dit treize heures maman et il est treize heures cinq ! Quatre, même ! T'es obligée d'exagérer tout le temps, comme ça ?

– On avait dit midi ! Tu sais bien, on avait dit que cette fois, ce serait midi, parce qu'après j'emmène tatie chez le coiffeur. Tu n'en feras toujours qu'à ta tête.

– On avait dit treize heures, faudrait vraiment que je t'enregistre, une fois, c'est toujours la même chose avec toi !

– Bref. Dépêche-toi de fermer la porte, tu vois bien que l'eau rentre, quel temps de cochon… et essuie bien tes chaussures je viens de passer la serpillière !

On n'avait pas dit midi. Jamais de la vie on n'avait dit midi puisque je viens toujours à treize heures. Chaque lundi je débarque à treize heures. Avant, c'était chaque samedi, mais avec le boulot, c'est plus possible, alors le déjeuner chez maman maintenant, c'est le lundi.

Comme toujours, elle est apprêtée et maquillée comme pour un dîner en ville. Un pantalon en flanelle grise près du corps. De hautes bottes, grises elles aussi. Un large pull d'un blanc impeccable, qui laisse voir une épaule. Un ensemble de petits bracelets argentés, au poignet droit. Les cheveux relevés en un chignon un peu flou. Un maquillage discret.

C'est incroyable. Je l'admire, pour ça. Toujours impeccable. Vous pouvez être un voisin, passer demander de la farine à l'improviste, quel que soit le moment de la journée que vous choisirez, vous la trouverez toujours absolument parfaite. Élégante et maquillée. Et même le matin, lorsque j'habitais encore ici, que j'y passais les nuits, elle trouvait le moyen de se réveiller avant moi. Je n'ai pas le souvenir de l'avoir jamais vue avec la tête que j'ai moi, au réveil… Les cheveux en bataille, comme une vigne mal taillée, les yeux gonflés, soulignés de l'ombre floue et sombre du mascara de la veille.

Je prends sur moi, j'entre, j'essuie bien soigneusement mes chaussures sur le tapis-brosse *Bienvenue*, surtout je ne dis rien, parce qu'alors je sais comment ça va faire, ça va monter dans les tours et au final, on va s'engueuler et je partirai sans manger. Or il se trouve que ça sent super bon, dans cette maison. Du poulet, je dirais. Un bon poulet fermier dont on a du mal à détacher la chair de l'os, pas cette viande sans goût que l'on achète dans les supermarchés. Et ça sent aussi la friture. De délicieuses frites maison.

Des défauts, elle en a, ma mère, ça, je peux en faire une liste longue comme le bras. Mais je ne peux pas lui retirer qu'en matière de cuisine, elle est au top. Au moins, une fois dans la semaine, je ne mange que du bon. À vrai dire, au moins, une fois dans la semaine, je mange pour de bon. Parce que le reste du temps, c'est un peu ce qui me tombe sous la main. C'est vrai que côté alimentation ce n'est pas tout à fait ce que j'imaginais, quand je pensais à ma vie seule, au moment béni entre tous où j'habiterais dans un endroit à moi, avec mon règlement intérieur personnel et mes horaires de repas personnels. Je me disais finis les plats en sauce, le gras, le sucre. Non, non, ce sera les légumes du marché, un bon livre de cuisine diététique et une nourriture saine.

De belles résolutions… Ma nourriture, depuis que j'habite seule, c'est plats surgelés, pizzas, yaourts et barres chocolatées. Tout ce qui va vite.

Ce qui était prévu, c'était aussi un appartement impeccable avec jamais rien qui traîne par terre – pas comme maman qui laisse les choses où elles tombent, les chaussures abandonnées dans l'entrée, la brosse à dents sur l'évier de la cuisine et des vêtements un peu partout. C'étaient les bases de ma nouvelle vie rêvée de jeune fille indépendante qui démarre dans la vie. Au final, quand je rentre après boulot et entraînement, je suis tellement exténuée que je m'affale dans le canapé comme une pauvre chose, et que souvent je m'y réveille, pas douchée ni rien, la télé encore allumée.

Non mais ça, le rangement impeccable et l'alimentation saine, ça viendra, c'est une question de rythme et d'organisation. D'habitude.

C'est vrai, ce n'était pas prévu si tôt, d'habiter toute seule, peut-être que je n'étais pas totalement préparée : normalement il y aurait dû y avoir la fac, et la chambre universitaire, et le restaurant universitaire. Mais les choses se sont déroulées autrement. Rien d'étonnant en définitive, c'est ça la vie non ? Il y a le projet, et puis il y a les opportunités qui font dévier du projet, et emprunter une autre route. Et puis de projet, on ne peut pas dire que j'en avais, à franchement parler. Ou alors trop. Une forêt de projets dans laquelle une biche n'aurait pas retrouvé son faon. Bon, j'exagère, j'avais tout de même une sorte de but, celui de devenir quelqu'un dans le domaine des langues… prof ou traductrice, quelque chose comme ça. À vrai dire, je ne sais pas trop s'il s'agissait de mon projet ou de celui de ma mère. De toute façon, devenir quelqu'un dans les langues n'est plus d'actualité, puisqu'il y a eu l'Opportunité qui m'a fait dévier du Projet.

Au départ, ce ne devait être qu'un job d'été. Un bon plan que je devais à Maxime : son cousin avait décroché un super boulot, mais avait finalement déniché une proposition encore plus géniale que la première. Du coup l'offre de job numéro un était disponible. Et Maxime avait pensé à moi, tout de suite.

Les parents de Maxime sont tous les deux chirurgiens dans l'hôpital de la ville. Ils ressemblent à un couple d'acteurs américains des années cinquante et sont d'une gentillesse incroyable. Ils ont toutes sortes de relations amicales avec des gens plus ou moins importants et Maxime profite d'avantages en tous genres qui lui tombent dans la main sans qu'il ait rien à demander : matchs sportifs divers dans les loges, propositions de travail, meetings aériens, appartements à la mer, à la montagne, prêtés quand il le souhaite…

On se connaît depuis la nuit des temps, on était déjà ensemble en maternelle, tous les deux. C'est sans doute pour cela que Maxime pense souvent à moi, pour les bons plans. Et aussi parce que Maxime est amoureux de moi. Mais moi, non. C'est vraiment dommage, il est gentil, attentionné, sportif, beau gosse, et fera sans doute un parfait chirurgien, comme son père, mais je ne sais pas. Il n'éveille rien, en moi. Pas la moindre ombre de désir. Pourtant, ce serait tellement simple, un avenir avec ce garçon !

– Ah oui, et c'est quoi ce super plan du jour ?

– Le truc c'est qu'il faut que tu donnes une réponse dans la journée, ils ont besoin d'être fixés tout de suite.

– Qui, ils ?

On était en janvier, le job était pour le premier juin.

« Ils », c'étaient les responsables du recrutement du Parc océanographique du Ponant.

Le Parc océanographique, tous les enfants de la région y sont allés au moins une fois, dans leur vie. Voire deux ou trois, pour peu que vous ayez changé d'école et fréquenté un centre aéré, un été. Le POP, c'est un peu notre tour Eiffel.

Moi j'ai dû y aller en CP. L'autocollant du parc, avec son dauphin dodu qui sourit, est toujours collé sur la porte du vieux frigo, celui que maman a transporté dans le garage et qu'elle n'utilise que l'été, pour y stocker les bières et jus de fruits. J'ai le souvenir vague des sauts, des cris, des otaries qui tapaient avec leurs nageoires et de m'être retrouvée totalement trempée à la fin de la journée. Mais rien de plus.

« Tu nous prépares un petit café ma chérie ? Après, faudra que je file, j'ai rendez-vous avec tatie Camille ; elle ne va pas super bien Camille tu sais ? Je la trouve très fatiguée, et son médecin aussi. Ce serait sympa que tu passes la voir, de temps en temps. On n'aura pas eu beaucoup de temps pour parler, aujourd'hui. Mais bon, je t'avais dit midi… »

Ce n'est pas plus mal, que l'on n'ait pas trop eu le temps de discuter. Parce que les discussions de fin de repas, je les connais par cœur. Pendant le repas, c'est facile, il faut juste que je l'écoute. Parler du boucher qui l'a arnaquée sur la monnaie. Des Laudit qui divorcent. De son mal de dos. De son mal de dents, de tête, de ses courbatures et du chauffe-eau qui fuit encore. Et puis après il faut que je l'écoute parler de mon frère, et des innombrables exploits en tous genres accomplis par Raphaël pendant la semaine passée et au passage, pendant son enfance, mais quel enfant merveilleux, le fils dont rêve toute mère, et quelle réussite !

Moi je n'en veux pas de son boulot, le cul sur une chaise, le téléphone à l'oreille, des chiffres qui défilent sans cesse sur les quatre écrans, et le nœud au ventre toute la journée, non merci. D'abord, je ne veux aucun de ces métiers qu'on prononce en anglais, ça rime à quoi, un métier dont le nom n'existe pas en français ?

C'est au moment du café que ça se corse. Elle se rapproche de son sujet de conversation de prédilection par cercles concentriques, comme les chasseurs de cerfs se rapprochent de leur proie. Elle commence par demander des nouvelles des animaux. De mes relations avec mes collègues. Et puis après, c'est parti. Quand même, c'est pas un métier pour toi. Quand même, tu ne penses pas faire ça toute ta vie. Quand même, regarde ton frère, il a un vrai métier lui. Sempiternelle ritournelle depuis que j'ai annoncé que mon job d'été, qui s'était transformé en contrat à durée déterminée, s'était changé en contrat à durée indéterminée. J'ai essayé de lui expliquer, l'histoire du « Projet » et de l'« Opportunité », mais elle est restée totalement hermétique. Alors pour avoir la paix, j'ai biaisé. J'ai dit « C'est juste une expérience ».

Je n'aurais pas dû. Depuis, elle me persécute pour savoir quand l'expérience s'arrête. Quand est-ce que je me réinscris en langues étrangères appliquées. Quand est-ce que je commence ma vraie vie. Et à force, elle me fait douter.

À la fin, tout à la fin, arrive le coup de grâce de la conversation…

« Et puis, comment tu peux supporter toute la journée la souffrance de ces animaux ? J'ai encore vu un reportage aujourd'hui sur le parc »… ou alors « J'ai lu un article hier dans *Géo* »… ou alors « T'as lu au moins la dernière newsletter de L214 ? »

Mais ça va pas la tête, au nom de quoi je devrais me farcir toutes les horreurs qu'on peut voir dans les médias ? J'ai pas besoin qu'on me les fiche sous le nez tous les jours pour savoir qu'elles existent !

Alors moi je dis…

« Bon sang t'as pas fini on les aime maman, ces animaux ! Les dresseurs les aiment, les soigneurs les aiment, les vétérinaires, les propriétaires du parc, les visiteurs, tout le monde les aime maman ! Qu'est-ce que tu imagines ? Ils sont heureux ! Et si tu n'étais pas aussi bornée, tu pourrais venir, et le vérifier par toi-même ! »

Mais je dis ça avec la voix qui tremble. Et le cœur un peu aussi.

Ça ne lui plaît pas, ce que je fais, c'est clair. Je vois la réprobation, dans la crispation du bas du visage, lorsqu'elle parle du parc. Elle déteste cet endroit et tous les endroits du même genre. Elle n'est pas la seule.

Comme me l'avait recommandé Maxime, le jour même, donc, j'avais appelé le responsable du personnel du Parc océanographique du Ponant. Il m'avait aussitôt donné rendez-vous.

Ce jour-là, il y avait les manifestants, installés sur le rond-point, à l'entrée du parc. Ces gens font partie du paysage, j'allais bientôt le découvrir. Ils appartiennent à une association de défense des droits des animaux. Ils viennent au moins une fois par mois, à tour de rôle. Ils installent leurs pancartes porteuses de toutes sortes de messages et photographies horribles, à l'ouverture du parc, leurs dauphins gonflables, et remballent tout leur équipement après le dernier spectacle. Toute la journée, ils distribuent aux rares conducteurs de voitures qui acceptent de descendre leurs vitres des petits papiers colorés avec des messages et la même adresse de site internet. Des DVD d'informations. Ils font signer des pétitions. Au début, ils répandaient des seaux d'eau colorée en rouge à leurs pieds, mais sans doute que la mairie a gueulé. À moins qu'ils n'en aient eu marre de se balader en bottes de pluie, pour ne pas se tacher.

Bon, le fameux boulot. Il s'agissait de tenir l'une des caisses d'entrée du parc. « Rien de bien sorcier vous verrez ». L'homme qui m'avait reçue – et dont j'apprendrais plus tard qu'il s'appelait monsieur Nataf – avait retenu de mon CV que j'étais licenciée au Cercle des nageurs Atlantique Sud depuis près de dix ans. À vrai dire, il n'avait remarqué que cela. Mais bon, y avait-il quelque chose de vraiment notable, dans ces quelques lignes qui résumaient ma vie ? J'avais dix-huit ans. Je sortais du lycée. J'étais un bébé.

Quelques mois plus tard, je répondais présente. Devant une caisse, avec d'autres, pour une courte journée de formation. Rien de bien sorcier, en effet, dans le logiciel de caisse, mais quand même.

Nous étions vingt, dont dix saisonniers et dix employés à l'année, pris en charge par un formateur, José Nataf, le chef du personnel, mais à ce moment-là, je pensais qu'il s'agissait du grand chef, vu qu'il ne s'était pas à proprement présenté et qu'il portait un costume qu'on aurait dit taillé pour assister à des mariages princiers.

José avait expliqué les différents cas de figure que l'on pouvait rencontrer vite vite, ponctuant son discours de nombreux « Vous connaissez la musique », oubliant visiblement que des vingt personnes présentes, dix n'avaient aucune idée de comment on pouvait bien utiliser ce logiciel d'encaissement. Mais il y avait son habit trop élégant comme un bouclier qui faisait qu'aucun d'entre nous n'osa dire que non José, on ne connaissait pas la musique.

Aussi, le premier juin, lorsque je me suis retrouvée seule à mon poste de travail, avec au loin la grande grille et la perspective qu'elle s'ouvrirait bientôt sur cette masse indistincte de gens, ce million de personnes qui pénétrait ici chaque année, je ne faisais pas trop la maligne.

Mais finalement, ça a été facile. Il y avait les anciens, juste à côté, pour répondre vite et bien à toutes les questions que je pouvais me poser sur le logiciel, donc les difficultés matérielles ont vite été dépassées. Et puis j'aimais beaucoup le côté humain. Pour commencer, c'était magique, un premier travail, gagner de l'argent avec une activité plutôt agréable.

Et ensuite, je rencontrais des tas de gens. Des gens en famille, ou alors des colos entières, qui arrivaient en bus ; des enfants, beaucoup, avec les yeux qui brillent.

Les vacances commençaient. Il faisait beau et chaud. Le monde était léger, et brillant, et prometteur.

La caisse, ça n'a pas duré bien longtemps, c'est le moins qu'on puisse dire. Dommage, ça me plaisait bien tous ces touristes trop heureux d'être là, tous ces enfants impatients d'entrer et de faire enfin l'expérience d'une rencontre avec ces animaux mythiques. Mais monsieur Nataf avait d'autres projets pour moi.

Chaque jour, à treize heures et seize heures, ils sont là. Ils sont informés par les messages répétitifs délivrés par les gros haut-parleurs noirs que c'est bientôt l'heure. Au début, ils arrivent en petits groupes, puis par vagues, quand l'heure du spectacle approche.

La plupart du temps, ils ont chaud, alors ils boivent des sodas dégoûtants, des sodas si saturés de produits chimiques que j'en sens l'odeur artificielle de là où je me trouve. Ils ont chaud, alors ils s'éventent avec tout ce qu'ils trouvent, le plan du parc, leur casquette, n'importe quoi. Ils font des photos. Ils mangent toutes sortes de choses mauvaises qui leur empoisonnent le corps. Ils mangent, tout le temps, d'ailleurs, du début à la fin du spectacle, il y a plein d'endroits dans le parc pour acheter de quoi manger. Des bébés crient. Des enfants tiennent des ballons, ou des glaces qui coulent et recouvrent leurs mains d'une substance colorée et poisseuse.

Des gens changent de siège, se poussent, se serrent. Ils veulent tous la meilleure place, celle où ils ne manqueront pas de se faire copieusement arroser, lors du grand *splash* qui clôture le spectacle. Ils l'ont vu et revu sur Internet, ce grand *splash*, ils veulent savoir à quoi s'attendre. Ils en rêvent. Être au plus près, ils se battent parfois pour ça, je vous assure, je l'ai déjà vu, les hommes peuvent en venir à se cogner, devant leurs enfants, pour avoir une meilleure place et être mieux arrosés. Moi, je n'interviens pas. Jamais. Je me fais invisible. Toujours.

Je n'aime pas leur odeur. Je déteste leur odeur, un mélange de parfums lourds, de transpiration et de la graisse des frites du parc. Ils ne sentent pas meilleur que les poissons pourris qui sont servis chaque jour aux animaux.

Cela commence, les flashs, au moment où ils posent leurs fesses sur les assises en béton gris, et cela dure jusqu'au moment où ils dégagent. Ça doit être un concours, entre eux, je ne sais pas, ces photos. Ça sert à quoi de se fabriquer des souvenirs de ce spectacle affligeant ? Comment peut-on désirer posséder des images de ce qui se passe ici ?

Ils patientent, ils patientent, mais vient un moment où ils commencent à s'agiter, à se retourner, à se tordre le cou pour voir s'il se passe quelque chose, quelque part, aux alentours, ou derrière les vantaux qui cachent les coulisses. Je sens leur impatience qui grimpe aussi bien que je sens venir les orages, bien avant que le ciel ne se couvre et que le vent ne se lève.

Soudain il se passe quelque chose : un dresseur, qui apparaît, qui ouvre l'accès, les orques, qui pénètrent dans le grand bassin, et alors leur tension change, elle grimpe encore d'un cran. Ils commencent à faire des bruits collectifs, à chaque fois que les animaux sautent, des bruits parfaitement synchronisés et parfaitement grotesques.

Puis ils se rendent compte que ça bouge, derrière, que les dresseurs sont là, dans leurs habits de Néoprène, cheveux attachés et casquette aux couleurs du parc, sourires figés, prêts à entrer en scène. Et ils finissent enfin par apparaître. Par mettre en place les seaux remplis de poissons morts depuis plusieurs jours, ces poissons à goût de cadavre, à goût de charogne, à goût de pourriture qui sont les seuls repas des animaux, à mettre en place les différents accessoires. Ils repartent faire des choses de dernière minute en coulisse et les goélands en profitent aussitôt pour essayer de voler un poisson ou deux.

Et alors l'abominable musique se met en route, toujours la même, de jour en jour et d'année en année, sauf quand, de temps en temps, ça pique quelqu'un de changer la chorégraphie, et avec un peu de chance la musique qui va avec, mais pour une nouvelle musique qui blesse elle aussi les oreilles ; ils comprennent que c'est d'un instant à l'autre, le show, parce que le grand écran lui aussi s'est allumé, et qu'est-ce qu'on voit sur le grand écran ? Des images d'orques en liberté.

Des orques majestueuses, qui nagent librement dans un océan.

N'est-ce pas le comble du cynisme ? Ne devraient-ils pas tous se dire à ce moment, en les voyant si libres sur les écrans, si entières, si vivantes, leurs nageoires toutes droites sur le dos, ne devraient-ils pas se dire que leur présence ici n'était qu'un moment d'égarement, ne devraient-ils pas déjà en avoir honte, prendre leurs cliques et leurs claques et filer, filer la tête basse, honteux d'avoir failli participer à cette mascarade ?

Mais non, ils restent. Le cul vissé au banc, pressés de voir tous les détails, de pénétrer dans l'intimité de l'humiliation et de la souffrance des animaux.

Je leur souhaite le pire. Depuis longtemps, toutes ces longues années passées là, invisible au milieu d'eux, je leur souhaite le pire du pire.

Je souhaite à chacun une vie pleine de déceptions et de douleur, une vie toute petite petite, une vie emplie de catastrophes et de déchirements pour chacun d'entre eux. Qu'ils pourrissent, qu'ils se transforment en terre stérile et leur descendance pareil.

Elfie

Purée il faut que je me déniche un réveil à l'ancienne. On doit bien trouver ça, dans les vide-greniers du dimanche ! Un bon vieux réveil sans rien du tout d'électronique. Je ne sais pas comment je me débrouille avec mon portable mais ça m'arrive régulièrement de foirer la programmation de la sonnerie. Il faut dire que je me suis couchée tard, hier. Je n'avais qu'une hâte en rentrant, éteindre la lumière et dormir. Bref. Je suis à la bourre, et c'est un moindre mal, j'aurais pu ne pas me réveiller du tout. Merci le soleil de l'été ! En plein dans ma figure vu que je n'ai pas pris la peine de fermer les volets ni même de tirer les rideaux. Ce sera tant pis pour la douche, et même tant pis pour le petit dej'. Ce matin, il faut vraiment que j'arrive à l'heure au POP.

Fini l'accueil, je commence à bosser dans mon nouveau poste. J'y suis restée quoi… six semaines à peine, à l'accueil ! Je vais bosser avec les manchots, c'est ce que j'ai annoncé à Maxime, hier soir.

– Comment ça, tu bosses avec des manchots ? Il y a une semaine, tout le monde était génial, et d'un coup tes collègues sont des manchots ?

– Mais non patate ! Je vais bosser avec les manchots ! Les vrais manchots tu saisis ? Les oiseaux noir et blanc !

– Les pies tu veux dire ?

– Que tu es lourd mon gars ! Les oiseaux noir et blanc qui vivent sur la banquise, qui volent pas et qui marchent comme des Playmobil… Ça y est, tu vois ?

– Toi tu me prends vraiment pour un teubé ! J'avais compris et les collègues manchots c'était une… blaague, tu sais ce que c'est, une blague ?

– Tais-toi, on va se faire jeter…

Après ça, le film a commencé et on n'a plus parlé des manchots. Même devant la pizza, après le ciné, on a discuté de tout autre chose.

Il se trouve que l'une des soigneuses a disparu du jour au lendemain. C'est ce que m'a dit monsieur Nataf, hier. Ah bon. Je ne suis pas dans la boîte depuis longtemps, c'est le moins qu'on puisse dire, mais assez pour avoir noté que les va-et-vient au sein du personnel sont nombreux, dans ce parc : non seulement nous accueillons les clients du parc (enfin nous devons dire les « visiteurs des animaux »), mais aussi tous les gens qui y pénètrent, pour une raison ou pour une autre : représentants, responsables de groupes, élus de la municipalité, et candidats convoqués pour un entretien. « Bonjour, j'ai rendez-vous avec monsieur Nataf pour un entretien ». « Bonjour Mademoiselle, j'ai rendez-vous avec monsieur Nataf, c'est pour un entretien et je suis un peu en retard ». « Bonjour, vous pourriez m'indiquer le bureau de monsieur Nataf ? C'est pour un entretien. » Mais bon, ce défilé ne m'a pas intriguée outre mesure : la vérité c'est quand même que je n'ai jamais travaillé. Je n'ai aucune idée de ce qui se passe entre les murs d'une entreprise, j'imagine que ce mouvement permanent dans le personnel est tout ce qu'il y a de plus normal. Et puis ce parc n'est que l'un des nombreux parcs du groupe, peut-être que monsieur Nataf recrute pour d'autres pays.

Bref. Monsieur Nataf a dit : « Vous allez travailler avec les animaux. Les autres se débrouilleront à l'accueil, ils sont assez nombreux, on verra plus tard, pour recruter, l'important, c'est les animaux ».

Ouh là… J'ai pensé, les animaux, d'accord, mais lesquels. Les ours ? Les otaries ? Les dauphins ? Les orques ? Ou alors aux aquariums peut-être ? Non pitié, pas les aquariums, parce que les aquariums, ce sont aussi les vivariums, et les vivariums, ce sont les serpents, ça non, désolée monsieur Nataf, j'aurais quand même su vous dire non si vous aviez tenté de me larguer au milieu des serpents.

Mais heureusement il n'était pas question de serpents.

« Vous serez aux manchots », a dit monsieur Nataf.

Alors il y a une semaine, c'était encore la caisse, et aujourd'hui… Ben aujourd'hui, ce sera les manchots.

La vérité c'est que je ne me sens pas à proprement parler excitée par la perspective de travailler toute la journée avec les animaux, même si monsieur Nataf m'a présenté ça comme une chance extraordinaire, une opportunité incroyable, et même si j'ai vu briller dans les yeux de mes collègues de la caisse l'envie à l'état pur. Il y avait les « visiteurs », devant moi, les collègues à droite et à gauche qui avaient entendu la conversation, et qui me jetaient des regards pleins de jalousie. J'ai été un instant tentée de refuser poliment la proposition, mais je ne sais pas, sans doute mon éducation qui fait que j'ai toujours des difficultés à dire non, j'ai juste dit : « Merci », et repris les encaissements.

Ce n'est pas que je n'aime pas les animaux, ils me sont juste étrangers. Je ne me sens pas vraiment à l'aise, en leur présence. C'est comme si j'étais une intruse susceptible d'être démasquée à tout moment, voilà ce que je ressens, avec eux. Il faut dire que je n'ai pas grandi avec, comme la plupart des enfants. Ni chien ni chat chez nous. Maman était allergique. Je dis était parce que bizarrement, les choses ont changé : elle vit aujourd'hui avec deux chats gros comme des cochons. Et les animaux, c'est devenu son truc. Voilà pourquoi elle a vu d'un mauvais œil mon entrée au parc. Maman aurait très bien pu faire partie des manifestants du rond-point.

Pour être honnête, je ne vois pas quel est le problème. Pour moi, ces animaux sont pour la plupart nés en cage. Ils n'ont jamais rien connu d'autre, je ne vois pas en quoi la captivité peut les faire souffrir. Et puis, est-ce que ça peut seulement être malheureux, un animal ? Faudra que je regarde, sur Internet. De toutes façons, on fait tout pour leur bien-être, dans ce parc, au moins pour obéir à la législation, parce qu'on est dans un pays de lois. Qu'il y a l'Europe, en plus, avec tous ses règlements. Au moins, ici, ces animaux n'ont pas à redouter les attaques d'éventuels prédateurs. L'extérieur n'est pas synonyme de danger, et se nourrir ne constitue pas un combat de tous les jours. Bref, je trouve que maman exagère. Je trouve que les manifestants du rond-point exagèrent.

J'aurais détesté être avec des serpents, mais franchement, l'enclos des manchots…

« Les manchots, c'est là où ça coince, c'est là qu'il nous manque du personnel », a dit monsieur Nataf.

Je ne sais pas pourquoi, mais je me suis sentie déçue. J'avais eu le temps d'imaginer… je ne sais pas… je crois que j'aurais bien aimé être avec les otaries. Sans rien y connaître, de tous les habitants du parc, c'est les animaux qui me paraissent les plus inoffensifs, voire les plus amicaux. Ça doit remonter à mon enfance, à cette première visite, ici. Les ballons colorés sur le bout du nez. Les grandes moustaches. Les gros yeux noirs. La bouche comme un sourire.

Je ne savais même pas qu'il y avait des manchots, au Parc océanographique du Ponant, d'ailleurs. On nous a fait faire un tour rapide du propriétaire, lors de la journée de formation, mais je ne me souvenais pas d'en avoir vu. Et pour être honnête, après ça, je n'ai pas vraiment eu la curiosité de visiter les recoins du parc.

La vérité, c'est que je n'ai qu'une vague idée de ce à quoi ça peut bien ressembler, un manchot. Et finalement, que je ne les aie pas vus lors de ma visite, c'est bien normal : leur enclos est provisoirement fermé au public.

Pour finir je me suis plutôt bien débrouillée. Je suis à l'heure. Carrément en sueur, dès le matin, exactement comme je déteste, mais à l'heure.

Je sonne à l'entrée réservée aux soigneurs, personnel de service, dresseurs et fournisseurs en tout genre. C'est par là qu'arrivent notamment les tonnes de poissons réservées à l'alimentation des animaux.

C'est Angela qui vient faire coulisser le lourd portail métallique. Angela, c'est une toute petite femme brune et maigre, une voix grave qui contraste violemment avec sa fragilité apparente et qui raconte le nombre de cigarettes qu'elle doit se griller chaque jour, et depuis longtemps. Elle est responsable du personnel animalier. Je l'ai croisée une fois ou deux. Je me souviens d'elle, ce qui est plutôt incroyable, sachant que là, en pleine saison, nous sommes près de six cents salariés. Mais elle a une tignasse brune impressionnante qui a retenu mon attention.

Nous ne nous connaissons pas, mais les présentations sont vite faites : elle ne me pose aucune question personnelle. Elle m'entraîne jusqu'à la salle de repos, une minuscule pièce sans fenêtres.

– Tu veux un café ?

C'est sûr que ça ne me ferait pas de mal, un petit café, mais la vue de la cafetière me coupe un peu l'envie. Le café doit avoir coulé depuis un bon moment, il a dû cuire et recuire exactement comme je déteste.

– C'est gentil, mais je viens juste de petit-déjeuner.

– OK alors on passe direct aux questions boulot. Tu enfiles ta veste et tu me suis ?

Ma veste, bien sûr ! Ma veste au logo du POP ! Suis partie tellement à la bourre que je l'ai laissée accrochée dans l'entrée !

– T'as qu'à prendre la mienne, j'en ai une autre au vestiaire.

Le vêtement est imbibé d'une lourde odeur de tabac. Je le garde à la main, aussi loin que possible de mes narines.

– Pour l'instant l'enclos des manchots est fermé au public, me dit Angela. L'endroit a besoin d'une sérieuse remise en état ; tu vas pouvoir le constater par toi-même ; c'est vraiment pas du luxe, ces travaux. Il est prévu d'en faire la plus grande manchotière artificielle de l'Atlantique Nord.

Je suis Angela dans un méandre de couloirs à peine éclairés.

– C'est pour ça qu'il nous faut du monde, pour pouvoir ouvrir, bientôt.

– Et donc, on est combien ? je demande innocemment.

Angela s'arrête net et se tourne vers moi avec un sourire interrogateur.

– Comment ça, on est combien ? À soigner les animaux, tu veux dire ?

– Eh bien, pour s'occuper des manchots, on est combien ?

Elle se met à rire, et je découvre un rire qui ressemble à un grognement. Purée ça craint peut-être, de travailler avec des animaux, à force, on se transforme !

Je vais être seule, pour m'occuper des manchots et de leur enclos dégoûtant, c'est ce qui est prévu. Leur enclos (le *jardin des Manchots*, comme indiqué sur la petite plaquette défraîchie apposée à l'entrée de ce véritable cachot insalubre) consiste en un espace obscur d'à peine deux cents mètres carrés recouvert d'excréments et de poissons visiblement pourris depuis longtemps. Un bassin dégoûtant. Une petite ouverture sur le ciel. L'odeur est… puissante. Trente-huit adultes se partagent l'espace. Aucun petit.

Comment je vais pouvoir m'en sortir ? Comment je vais pouvoir ne serait-ce qu'entrer là-dedans sans être prise de vomissements terribles ? Je me revois à ma caisse, la veille, joyeuse et excitée, et je sens une boule grossir dans mon ventre. Les larmes me montent aux yeux. J'ai juste envie de déguerpir loin de cette horreur.

Angela ne se rend compte de rien, ou alors elle fait semblant de ne rien voir. Elle parle, elle parle. Elle me montre le local avec les outils. Elle me montre le local avec les aliments, celui avec les produits de nettoyage en tout genre. Elle me donne des fiches, qu'elle me lit et commente à voix haute. Il y a des protocoles pour tout : pour l'alimentation, pour le nettoyage des bassins, celui des plages artificielles, avec la liste des produits et les quantités à utiliser. Pour les soins des petites blessures courantes aussi… coups de bec, pour l'essentiel.

– Le bout du bec est crochu, m'explique Angela, il leur sert à piquer le poisson, lorsqu'ils chassent… Enfin ici, les pauvres, ils n'ont pas trop l'occasion de chasser ! (Re-rire grognement.) Pas d'inquiétude, tu vois ma grande ? Pour chacun des gestes que tu auras à réaliser avec les animaux, tu trouveras la fiche plastifiée correspondante.

Elle termine par :

– Bon, je te laisse, je repasse à midi.

Je me sens en panique totale. Comment ça elle me laisse ? Toute seule dans cet enclos, avec trente-huit individus et autant de becs crochus ?

– Mais… tu ne le fais pas avec moi ? Je veux dire au moins une fois pour me montrer ? Je ne sais pas si je vais y arriver !

– Bien sûr que tu vas y arriver ma grande... tu as les fiches ! Si tu as un problème, il y a Bernard, à l'entrée. Il est là pour ça, pour aider tous les nouveaux. Pour répondre aux questions, à droite et à gauche. Parce que des nouveaux, il y en a sans arrêt.

J'enfile des gants et le gilet aux couleurs du parc que je tenais jusqu'alors à la main. Je saisis la fiche qui porte en gras le numéro 1. Et je m'y colle.

À la fin de la matinée avec les manchots, toujours pas d'Angela. J'ai posé mes gants et emprunté les couloirs dans l'autre sens. La lumière extérieure m'a fait ciller les yeux.

Je me sens épuisée. Et dégoûtante. Et puante. Je finis par la trouver dehors. À genoux, les mains pleines de terre, elle est occupée à rempoter d'énormes palmiers dans des pots en céramique rouge tout aussi gigantesques.

– C'est bon ? Tout s'est bien passé ? me demande-t-elle.

– Je pense oui. Mais tu ne veux pas vérifier ? Juste jeter un œil, pour voir si j'ai fait les choses comme il fallait ?

– Je viendrai faire un tour demain, plutôt, là je n'ai pas vraiment le temps, mais je suis sûre que tout est super. Tu viens déjeuner avec nous ?

– Oui... enfin... Ah juste Angela, juste une question ! Il y a un petit là, tu sais un petit avec le bec cassé, au bout. Il n'a rien mangé, il est resté planté devant moi à me regarder, il n'a pas touché au poisson.

Angela se frappe le front du plat de la main.

– Oh purée mais quelle nouille, j'ai oublié ça, j'ai oublié de te dire… Il ne peut pas manger tout seul, il n'est pas le seul d'ailleurs… Mais viens, on en parlera en déjeunant.

Le petit là, avec le bec tout cassé, qui était resté près de moi, à me regarder comme si j'étais Dieu, en fait, il aurait fallu que je le nourrisse. Que je choisisse les plus petits poissons du seau et que je les lui glisse délicatement tout au fond de la gorge. Il ne peut pas se saisir de la nourriture tout seul, avec son bec abîmé. Et pareil avec l'autre, au fond. Il est aveugle. On lui a crevé les yeux. Ses copains avec leurs becs crochus. Il faut l'appeler tout doucement, il viendra. Lui aussi, il faut le nourrir. Il leur est arrivé la même chose à tous les deux. Une grosse raclée qui les a laissés définitivement handicapés. Ils sont trop faibles, pour le groupe. Ils sont devenus les souffre-douleur.

Comme chez les hommes. Comme dans les écoles. J'ai pensé à ceux-là. Ceux qu'on ne connaissait pas, qui ne nous avaient jamais adressé la parole, jamais lancé un regard, mais à qui on jetait volontiers un mauvais coup dans le tibia comme ça en passant, sans raison particulière. Parce que tout le monde le faisait. Je me suis souvenue de cette fille au collège. Elle était grande et brune. Elle était grande parce qu'elle avait redoublé plusieurs fois, et elle avait redoublé plusieurs fois parce qu'elle avait un léger retard mental. Un retard mental qu'on entendait quand elle parlait : sa bouche légèrement tordue laissait échapper des postillons pour chaque mot lâché avec lenteur, comme à regret. Elle était mal fagotée, elle portait des vêtements trop petits, ou trop grands, des vêtements qu'on avait achetés pour quelqu'un d'autre, frère, sœur, mais certainement pas pour elle. Et puis il y avait la coupe de cheveux, une coupe visiblement maison, une frange épaisse et beaucoup trop courte. Elle prenait les coups. Et chacun participait à son échelle à la distribution. Même les plus sages, les plus tranquilles, les plus gentils d'entre les élèves. La récréation était pour cette fille l'espace-temps de tous les dangers, parce qu'il fallait souvent de très longues minutes avant que le surveillant ne se rende compte qu'elle était, comme à l'accoutumée, victime d'une maltraitance ou d'une autre, et n'intervienne.

Pas de surveillants, dans ce parc, pour prévenir les petits manchots fragiles des maltraitances. Pour eux, la récréation était interminable. Elle durait toute la journée, et toute la nuit. Elle durait toute une vie.

Et à cet instant, je me sens vaciller. À cet instant, tout change. Cette petite chose est restée immobile tout près de moi, sans rien dire, sans rien demander, juste à attendre, et moi je n'ai rien compris, et à cause de moi à l'heure qu'il est, elle crève la dalle. Cette idée, plus la fatigue, le stress de ce premier contact avec les animaux, la chaleur, l'odeur de poisson mort, partout sur moi, je me mets à pleurer, des gros sanglots, comme un chagrin d'enfant. L'espace d'un instant, mes larmes décontenancent Angela, puis elle se met à grogner… non, pardon, à rire, un rire en grand, la tête en arrière.

– Mais ma grande, le "on en parlera en déjeunant", c'était une blague ! Tu crois pas que je vais laisser les petits comme ça non ? On y retourne, toutes les deux. Et tu donneras à manger à Alfonso, parce que c'est comme ça que s'appelle le petit manchot sans bec. Moi je m'occupe de Marcel.

Je glisse les minuscules poissons dans la bouche de ce petit animal sans défense qui me regarde avec des yeux immenses et je jure que demain, je me réveillerai bien avant que la sonnerie de mon portable ne se déclenche. Je jure que je ferai mieux. Je jure que je les regarderai, ces animaux que j'ai traités ce matin comme des objets. Comme des bouches.

Toutes ces années, d'un parc à l'autre, d'une livraison de nouveaux spécimens de foire à l'autre, l'orque – je pourrais dire *mon* orque, presque – a sans doute espéré. Redouté aussi, mais finalement espéré. Que l'une des siennes arrive. Que l'une des siennes arrive, ouvre la bouche et qu'elles se comprennent. Qu'elle entende à nouveau les sons de son enfance et qu'elle comprenne, que sa langue maternelle s'exprime par la voie d'une autre bouche. Qu'elle puisse enfin partager avec un autre être toutes ces années de souffrance, toute cette colère, toute cette incompréhension qui l'étouffe et la détruit peu à peu. Mais aussi qu'elle puisse enfin parler d'avant, reconstruire le passé en le décrivant morceau par morceau, et que cet autre-miroir puisse participer à cette reconstruction. Qu'à deux, elles puissent inventer un espace qui serait leur territoire, et dans lequel elles pourraient ensemble échapper au cauchemar. Aux murs. À la cage. Aux grotesques spectacles de leur déchéance. Un espace fictif dans lequel elle se sentirait digne.

Mais ce n'est bien entendu jamais arrivé.

Oscuro. C'est comme ça qu'on l'a appelé, pendant longtemps. Oscuro a passé dix-huit années seul, sans communiquer, ou presque. Bien sûr il existe un langage universel, entre eux tous, tous les individus de la même espèce, mais sa vraie langue, toutes les subtilités des clics, des sifflements, des cris et des grincements, il ne peut la partager avec personne. Il avait deux ans lorsqu'ils l'ont capturé, il en a vingt cette année. Vous pouvez imaginer ça, autant de minutes, à la suite, sans jamais communiquer dans sa langue, sans parler à qui que ce soit ? Il a passé six mille cinq cent soixante-dix jours sans pouvoir communiquer dans sa langue.

Oscuro parle, il parle toute la journée, pour ne pas oublier les mots. Je l'entends. Il les fait rouler dans sa bouche, il les caresse avec sa gorge, sa langue, il s'applique à les reproduire parfaitement. Je l'imagine en faire la liste, comme on compte chaque pièce d'un trésor. Les mots de sa langue maternelle sont son dernier trésor. Ils sont, avec ses pensées, avec ses souvenirs, ce qu'on ne peut pas lui prendre. Tout un univers d'amour, de liberté. Je dis les mots, mais bien sûr ce sont en réalité des sons, des milliers de sons qu'aucun être humain ne peut comprendre. Des mots que les autres épaulards ne comprennent pas non plus. Parce que dans leur monde, les sons appartiennent à une famille, à un clan. Sa langue est unique et fait de celui qui ne la comprend pas un étranger.

Et c'est là, alors même qu'Oscuro n'espérait plus rien, que c'est arrivé. Babou a sifflé. Le si petit Babou, le dernier-né du parc. Babou a crié « Attention ! », le son juste, parfaitement articulé. Dans la langue d'Oscuro. Dans la langue de sa mère et de tous ses ancêtres, dans la langue de son groupe. La grosse femelle s'apprêtait à mordre le grand épaulard noir, comme elle essaie de le faire à chaque fois qu'ils se retrouvent dans le même bassin, c'est-à-dire tous les jours. Elle s'immobilise au fond, contre le mur de béton. Elle attend le moment propice, et elle s'élance, elle se jette sur lui de tout son poids, bouche ouverte et alors ses dents entrent de plein fouet dans sa chair. Ça fait sans doute un mal de chien. Sauf que ce jour-là, Babou a crié, il a voulu le protéger, et lui seul pouvait comprendre ce cri. J'étais là. J'ai vu, et j'ai compris.

Babou a appris la langue d'Oscuro, tout ce temps passé à ses côtés ; il a enregistré, associé et compris.

Ce cri poussé par un autre que lui, sa langue maternelle dans la bouche d'un autre être, pour la première fois depuis toutes ces années, ça a sûrement été un bonheur brûlant, pour l'orque. Et ça lui fait un mal de chien. Une douleur aiguë et brutale, comme un coup de sabre dans la chair.

Parce qu'ici, les petits bonheurs font aussi mal que les coups. Vous comprenez, ils n'ont pas la place, pour s'épanouir, pour enfler, pour s'étendre, pour vivre leur vie de petit bonheur. Tout de suite ils viennent buter contre les murs du bocal. Alors ils reviennent en boomerang cogner contre le cœur et y faire de gros bleus. Son cœur handicapé. Son cœur comme un grand-père avec des béquilles. Comment je peux savoir tout ça ? Je le sais, c'est tout. Je suis là, tout le temps. Depuis tellement longtemps que je suis devenu transparent.

Babou est un bébé, il est né ici, en captivité. Il n'a jamais connu le bruit de l'océan, le mouvement incessant de ses eaux, la caresse des algues, les bancs argentés de harengs ni le souffle de l'air froid sur le rostre lorsque l'on se hisse hors de l'eau. Il est le fils de Thalia. Il la suit, il ne la quitte pas, toujours collé à son flanc. Mais il grandit, il pense beaucoup à jouer, et perturbe de plus en plus souvent les spectacles. Alors je sais que pour lui ce sera bientôt le moment. Je sais déjà ce qui va arriver. On va s'en débarrasser. Ce n'est qu'une question de semaines.

C'est le troisième bébé de Thalia. Oscuro est peut-être son père. Il est le père de beaucoup d'orques dans le monde, depuis toutes ces années. Il est ce que l'on appelle un mâle reproducteur. Régulièrement, ils viennent sur lui, ils se servent. Ils le font mettre sur le dos, ils manipulent son sexe avec leurs mains gantées de plastique et ils se servent, comme à un distributeur. Et après ils vendent ce sperme à des parcs, à droite et à gauche. Je suis là, je vois, et je ne dis rien.

Les deux premiers bébés de Thalia sont mort-nés. Dix-sept longs mois de grossesse, et au bout du compte, cette petite chose inerte. Ça ne les a pas empêchés de recommencer, et recommencer, jusqu'à ce qu'elle leur donne enfin ce qu'ils attendaient : une petite orque, une nouvelle, une toute neuve, qui va leur rapporter un maximum d'argent, parce que les naissances attirent toujours beaucoup de monde. Un petit épaulard qu'ils pourront vendre, au besoin, pour renflouer les caisses.

Avec Alaska, une autre femelle, ils ont fini par abandonner l'idée de la faire se reproduire. Elle, elle n'a donné naissance qu'à des bébés morts, et sa dernière grossesse a failli lui coûter la vie, alors ils laissent son ventre tranquille.

Si je pouvais communiquer avec Thalia, si je connaissais sa langue et ses mots, qu'est-ce que je lui dirais ? Est-ce que je la mettrais en garde ? Sans doute que non. Je la laisserais à la douceur de la maternité, au bonheur d'avoir un autre que soi avec qui parler, et jouer, et s'aimer. Même en captivité. Même dans cette répugnante prison bleu artificiel. Parce que cela changerait quoi, que je puisse lui dire ? Avec quelles armes se battrait-elle, pour garder son bébé ? Quelle stratégie serait-elle susceptible de mettre en place ? Auprès de qui demanderait-elle de l'aide ?

Ils pèsent des tonnes, et pourtant, ils ne sont que des fétus de paille entre leurs mains. Ils sont plus lourds et plus forts que n'importe lequel de ces hommes, et ils se trouvent pourtant à la merci de leurs désirs vils et tordus.

Il y a eu ici un autre bébé, il y a quelques années. Une petite femelle, Anastasia. La fille d'Hurricane. Comme Thalia et Babou, Hurricane et Anastasia étaient inséparables. Ils ont attendu que la petite sache manger du poisson toute seule pour la vendre. Un jour ils sont venus avec leur grue et leur hamac percé de deux trous pour les nageoires, comme un masque géant hideux, et alors les orques ont su que quelque chose de pire que le quotidien allait arriver.

Hurricane a compris tout de suite à qui le hamac était destiné. Elle s'est affolée et a commencé à émettre un festival de sons stridents. Elle a entamé une course folle à travers le bassin, Anastasia paniquée à ses côtés, à droite, à gauche, à toute vitesse. Ce qu'elle voulait, c'était les empêcher de jeter le filet, entre elles deux, et pour ça, il ne fallait pas rester immobile.

Ils ont attendu, c'est ce qu'ils ont fait, simplement attendre, patienter avec cynisme. Que l'épuisement arrive. Que la bête rende les armes. Et bien entendu ça a fini par arriver, Hurricane a fini par abdiquer.

Alors ils ont fait ce qu'ils avaient à faire. Jeter le filet. Séparer la mère de la fille. Glisser le hamac dans l'eau. Amener le bébé à s'y positionner, en le poussant avec des bâtons pointus, des bâtons qui font mal. Le soulever dans les airs. Et l'emporter loin de sa mère, vers une autre prison sinistre, où elle passerait comme Oscuro sa vie seule mais tellement seule, à faire des singeries devant des hommes qui illuminent l'atmosphère de leurs flashs et la remplissent de leurs cris impudiques, des hommes qui ne se rendent pas compte que ce qu'ils montrent à leurs enfants, ce n'est rien de moins que la souffrance à l'état pur.

Hurricane a poussé des cris déchirants. Des cris à vous glacer le sang. Et ses cris se sont prolongés bien après que le hamac et la grue ont disparu et que la nuit est tombée. Ce soir-là, ils n'ont pas rentré Hurricane dans la capsule, ils l'ont laissée comme ça, toute seule avec son chagrin, immobile, tremblante, épuisée par ses vocalisations. Ce qu'elle était en train de faire, c'est chercher à localiser son bébé, avec des vocalises à longue portée.

Après ça, Hurricane est restée de longs jours prostrée, à se laisser flotter dans l'eau, au même endroit pendant des heures, à refuser tout travail. Alors ils l'ont mise dans le bassin vitré, pour qu'au moins elle serve à quelque chose. Au minimum elle pouvait être regardée, c'était toujours ça, les visiteurs pouvaient faire des photos, elle restait rentable. Mais quel genre d'êtres vivants êtes-vous, vous capables de passer de longues minutes à contempler une bête abattue par le chagrin ?

Ils ont fini par réussir à remettre Hurricane au travail, en utilisant leur arme favorite : la faim. Elle a repris les spectacles. Elle a tourné, glissé, ouvert la bouche, fermé la bouche, applaudi des nageoires, éclaboussé les spectateurs. Et puis un jour, elle a avalé du sable. Le sable de filtration, au fond du petit bassin. Des kilos de sable. Elle a noyé son estomac dans la poussière.

Ils n'ont pas pu la sauver. Vous pensiez que les hommes avaient l'apanage du désespoir et du suicide ? Vraiment ! Les épaulards aussi cèdent au désespoir jusqu'à en mourir. Ils se jettent gueule grande ouverte sur les parois bétonnées de leurs prisons. Ils s'emplissent l'estomac de sable. Ils sautent les parapets. Ils cessent de respirer et ils meurent. Seules façons d'échapper à l'enfer que vous avez imaginé pour eux.

Ces hurlements désespérés d'une mère à qui on arrache son petit, je les avais déjà entendus. Il y a longtemps.

Elfie

« Tout va bien Elfie, vous avez passé un bon week-end ? »

Je ne l'ai pas vu arriver, monsieur Nataf. Pourtant, il n'y a pas foule, au spectacle des otaries, cet après-midi, et il ne ressemble pas vraiment à un touriste ! « Week-end », c'est une façon de parler, parce que nos week-ends à nous se déroulent du lundi au mardi. Le samedi et le dimanche, ce sont les jours où on fonctionne à bloc, tout le monde est sur le pont, ces jours-là.

Trois mois maintenant que je travaille au parc. Le matin, je m'occupe des manchots. Je nettoie leur enclos. Je change l'eau des bassins et des auges. Je les nourris. Je soigne les petites blessures lorsqu'elles ne nécessitent pas l'intervention d'un vétérinaire. Je distribue les médicaments. Je joue un peu avec eux, selon le temps qu'il me reste. Avec Alfonso, principalement. Au début, il n'acceptait pas que je pose la main sur lui. Mais maintenant, il me laisse faire, la plupart du temps. Il reste immobile, tendu comme un arc, prêt à dégager le plus loin possible si je m'aventurais à dépasser les limites mais il me laisse faire. Je n'aurais jamais imaginé pouvoir être ainsi émue par un animal. C'est sans doute sa fragilité. Son statut permanent de victime. Je pense parfois à lui, le soir. Je me surprends à m'inquiéter pour cet animal minuscule et vulnérable. À me demander ce que ses congénères peuvent être en train de lui faire, alors que je suis installée peinarde dans mon canapé.

L'après-midi, je gère le public des spectacles des otaries. Je suis à l'entrée, je guide les gens, les familles, vers le haut, ou vers le bas des gradins. Je les accueille, je leur souris. Et à la fin du spectacle, je fais en sorte qu'ils quittent les lieux en bon ordre. Et rapidement. Ils ont toujours tendance à s'attarder. À imaginer que l'un des animaux va revenir les saluer personnellement.

Pour finir, je fais le tour de l'arène et je ramasse toutes les cochonneries que les gens peuvent laisser. Et il y en a un paquet… Ça m'arrive régulièrement de trouver des pulls, des appareils photo, des téléphones portables. Et même des portefeuilles. La première fois que ça m'est arrivé, la tentation a été forte de regarder dedans. De récupérer l'argent, s'il y en avait. Mais je suis bien trop trouillarde pour risquer de perdre mon boulot, ce qui ne manquerait pas d'arriver, si on me prenait en train de faire ce genre de chose. Plus trouillarde qu'honnête. Par contre, ça arrive régulièrement que je trouve de l'argent, des pièces, des billets. Et là bien sûr je me les garde. Faut pas exagérer.

Monsieur Nataf reste un instant près de moi, un peu à l'écart pour ne pas gêner les flux des spectateurs qui se bousculent. Il regarde les gradins se remplir. Un petit sourire, « Bonne journée Elfie », et il a déjà disparu. On est tellement, à travailler ici, une vraie petite usine ! Comment peut-il retenir le prénom de chacun ?

J'aime bien monsieur Nataf. Au moins une fois par jour, il prend la peine de sortir de son bureau, et de faire le tour de l'ensemble du personnel, avec une poignée de main et un petit mot pour chacun. Ce n'est pas comme l'autre, le grand chef, qui vous regarde à peine lorsqu'il vous croise, les sourcils froncés, le visage fermé, comme s'il avait sur le feu mille choses beaucoup plus importantes que votre petite personne. Mais à ce qu'on dit dans le parc, c'est monsieur Nataf qui fait tout le boulot pendant que l'autre se la coule douce.

Je n'imagine pas combien de temps cela doit lui prendre, son petit tour matinal. Peut-être que son tour matinal dure toute la journée…

Il pourrait être mon père. En âge, parce que physiquement, on ne se ressemble pas du tout. Je me demande s'il a des enfants. Il porte une alliance, mais bon, ça ne veut rien dire du tout. J'aurais adoré avoir un père comme ça. Élégant, distingué. Au lieu de ça je suis tombée sur le plus… ou alors le moins… Pour ça, je me suis toujours demandé comment il avait pu tourner la tête à ma mère, il est son exact contraire : un homme qui parle fort et rit encore plus fort là où elle est discrète, un homme qui s'habille avec ce qui lui tombe sous la main quand elle choisit soigneusement chaque pièce de sa tenue, un homme qui n'a jamais lu un livre de sa vie, pour une femme plus cultivée que tous les professeurs que j'ai pu avoir. C'était ça, mon père. Mais bon. J'ai tellement entendu du mal de lui, depuis toutes ces années, de la bouche de ma mère, de celle de ses sœurs, de celle de mon frère Raphaël, que je ne sais plus si le mal que je pense de lui vient de mon propre cœur ou de celui des autres. Un peu des deux, sans doute.

Mon père habite à moins d'un kilomètre de mon appartement, à vol d'oiseau. Nous vivons dans la même ville et pourtant, cela fait exactement dix ans que je ne l'ai pas vu. Comme les assassins qui reviennent immanquablement sur les lieux de leur crime, après avoir déguerpi à l'autre bout de la France, il est revenu s'installer ici, il y a quatre ou cinq ans. Peut-être que je le croise régulièrement, c'est même probable, dans cette petite ville. Au marché. Dans un bar. Sur la plage. Mais je n'ai aucune idée de ce à quoi il ressemble aujourd'hui. Et d'ailleurs je m'en fiche. Il ne m'intéresse pas. Il n'existe plus. Il a cessé d'exister le jour où il est parti. J'avais dix ans, Raphaël treize, et ce jour-là, après ce qu'il avait fait, pour mon frère comme pour moi, c'était bon débarras. Il n'y a qu'à voir, on s'est très bien débrouillés sans lui.

Lui ne peut pas me reconnaître, aucune chance. Rien à voir entre la fillette maigrichonne qu'il a quittée et moi aujourd'hui. De ce côté-là, je suis tranquille. Je ne prétends pas être devenue un top model, non, mais j'ai juste beaucoup changé. J'ai grandi. Je me suis remplumée. Merci la nature et la transformation de la vilaine chenille en papillon. Merci le sport. Merci les années d'athlétisme, de course à pied et de ski. Et puis de natation. Toutes ces heures, passées dans les piscines, à faire des longueurs. J'ai mis du temps à prendre du poids, alors que mes copines de collège ne pensaient qu'à en perdre. Pour quoi faire ? C'est tellement laid, la maigreur !

Maintenant, je me trouve plutôt belle. Disons que je ne suis pas belle, à proprement parler, mais mon côté sportive me rend belle.

Ils avaient un restaurant, avant, papa et maman. C'était mon petit paradis, ce restaurant, quand j'étais enfant. J'aimais tous les bruits, et toutes les odeurs, j'aimais tout ce qui s'y passait : les rigolades, les engueulades, les coups de bourre, les coups de mou. L'Inox partout, qui brille à la fin du service. Les couteaux lourds dans la main, de toutes les tailles et de toutes les formes. Les légumes et les fruits dans les cageots, en chambre froide. Tout goûter, manger sur un coin de meuble le plat du jour pendant que les autres s'activent.

Ça circulait beaucoup, le personnel, avec beaucoup de saisonniers. Mais il y avait les fidèles, les vieux de la vieille : Hélène, qui assurait le service avec maman, depuis l'ouverture du restaurant. Victor, le chef. Son mari. Laurence, à la plonge et à la comptabilité.

Le lundi, c'était repos, et régulièrement, papa et maman nous faisaient rater l'école, pour que l'on parte ensemble, à droite et à gauche. Ensemble, c'était nous quatre, plus Hélène et Victor, qui n'avaient pas d'enfants. Hélène et Victor, c'était le prolongement de la famille, mieux que les sœurs de maman et le frère de papa. Hélène et Victor, c'était du solide.

Mais il se trouve qu'un jour Victor le chef cuisinier a tout simplement fichu le camp et là ça a été le commencement de la débandade, « la fin des haricots », comme dirait maman, qui adore toutes les expressions de vieux. Le début de ce qui n'était ni fait ni à faire.

C'était il y a très longtemps, maintenant. J'étais jeune, encore. Et insouciant. Et avide de tout. D'expériences. D'argent. D'adrénaline. De voyages. De grand vent.

Ce jour-là en haute mer, les épaulards étaient tous ensemble. Ce n'est pas souvent le cas, pendant la journée, qu'ils soient tous réunis, la matriarche – leur grand-mère à tous –, ses trois enfants, deux mâles et une femelle, les compagnes des fils, et puis les petits, trois petits ; au total, une famille de neuf individus. Une famille qui utilise la même langue mais qui n'a pas besoin de s'en servir pour savoir ce que chacun ressent. Une famille comme un seul être partagé en neuf individus unis par l'amour, la confiance, la tendresse, et un puissant sentiment de responsabilité. Une matriarche fidèle à sa descendance jusqu'à la mort. Trois enfants. Un petit mâle épaulard de deux ans, et ses deux cousines, un et trois ans.

La journée est magnifique. Le ciel est d'une telle limpidité ! Les petits essaient de se hisser le plus haut possible, à la force de leur queue, comme les grands, pour s'en rapprocher, pour sentir sur leur peau la douceur de l'air froid. Ils sont tous ensemble ; c'est rare parce que souvent les oncles partent, dans la journée. Chasser de leur côté, ou chercher d'autres femelles à ensemencer. Mais les séparations ne durent jamais plus de quelques jours, le plus souvent quelques heures.

Ils nagent en ligne, en direction des fjords dont les silhouettes franches se reflètent sur l'eau si calme aujourd'hui. Ils nagent dans une harmonie parfaite, plonger, ressortir, souffler l'eau, respirer, tous ensemble. Ils nagent chez eux, dans ce territoire époustouflant qui est le leur, ce territoire infini qu'ils parcourent sans relâche, des heures à nager sans fatigue et sans ennui, des kilomètres et des kilomètres, et tout à explorer, en longueur et en largeur, toujours dans cette douceur infinie de l'eau salée et de l'amour familial.

La mère d'Oscuro est là, tout contre lui. Il sent son flanc l'effleurer parfois. Et il sent son amour pour lui rayonner, tout le temps, son amour comme une grande chaleur, qui traverse la couche de graisse, sous sa peau, pour atteindre les profondeurs de son corps, et celles de son âme. Il est si petit, bien sûr il arrive à manger seul, à attraper lui-même les harengs argentés et à les avaler alors qu'ils bougent encore, que ça chatouille beaucoup, mais il est si petit, il a tellement besoin d'elle.

Ils sont ensemble, ils avancent en direction des falaises majestueuses, et soudain, les hommes sont là. Ils les sentent, dans leur dos.

Ce sont des bateaux. Quatre bateaux rapides, et derrière, d'autres bateaux, plus lents, qui s'approchent. Ils savent que bateau égale danger, parce qu'il y a les hélices, qui peuvent mordre les chairs, provoquer des blessures susceptibles de se révéler mortelles, ils se tiennent toujours aussi loin que possible des bateaux, même s'ils ont vu d'autres familles s'en approcher, et parfois jouer avec les hommes qu'ils transportent. Mais la matriarche n'aime pas les hommes. Elle s'en méfie. Elle ne veut pas qu'on s'en approche, elle l'a interdit aux siens.

Ils avancent derrière, en demi-cercle, et même s'ils sont encore à plusieurs kilomètres, les épaulards connaissent la position exacte de chacun des petits navires, et ils savent que c'est dans leur direction qu'ils s'avancent. Mais peut-être n'est-ce qu'une coïncidence ? Après tout, eux aussi aiment les harengs argentés !

La tension est maintenant palpable, elle s'est infiltrée au sein de leur famille, elle circule d'un corps à l'autre, elle les enrobe comme une huile malfaisante.

Ils sont inquiets, mais ils n'ont pas encore peur.

Le groupe d'orques pénètre dans le plus grand des fjords, la roche dure qui plonge dans les eaux profondes les rassure un peu, après tout ils sont chez eux, l'océan est leur maison ! Les hommes ne savent pas nager, comment pourraient-ils les atteindre, avec leurs misérables bateaux, lents et pataudss ? Et puis peut-être vont-ils changer de direction et pénétrer dans le fjord d'à côté, les laisser à leur chasse et leurs jeux ! Et pourquoi ont-ils ce besoin d'empiéter sur leur territoire marin, eux qui sont si peu faits pour lui, eux qui ont déjà à leur disposition l'immensité de la terre ferme ?

Mais non, ils avancent, ils sont proches maintenant, et à eux quatre, ils forment une barrière entre le fjord et le reste de l'océan.

L'inquiétude a laissé place à la peur, mais pas encore à la panique. Les animaux avancent plus vite, vers les profondeurs du fjord. Ils avancent aussi moins bien, ils n'attaquent plus l'eau en harmonie, ils ne sont plus en ligne ni rien, chacun plonge et sort, en désordre. Ils se sont rapprochés les uns des autres. Le flanc de la maman d'Oscuro, chaud et doux, est à présent tout contre lui, et de l'autre côté il sent celui de son oncle l'effleurer à chaque mouvement. L'eau est pleine de bulles, ils risquent de se donner des coups, mais ils restent comme ça, les uns contre les autres, à avancer aussi loin que possible des hommes.

Cette fois les épaulards arrivent au fond du fjord. Ils ne peuvent pas aller plus loin. Devant eux s'élève la roche, haute, grise et dure. Et derrière, il y a les hommes.

La peur se change en panique, et à partir de là, la plus insoutenable des cruautés remplace la douceur, l'insouciance à la terreur. Ils pourraient faire face et fuir, comment les pêcheurs pourraient-ils les empêcher de passer entre leurs bateaux ? Ils sont rapides, agiles, intelligents ! Mais les hommes lancent des choses dans l'eau, des choses qui explosent et assourdissent les animaux, fini le bruit des cailloux, ils n'entendent plus rien, c'est fini pour toujours, d'entendre, et ils ne savent pas vivre sans entendre, ils sont égarés, ensemble et pourtant seuls. Les hommes savent tout ça, c'est là qu'ils lancent les filets.

Ils ont séparé les orques en deux. Dans l'un de ces deux groupes, les petits, les enfants, les descendants, l'avenir de tous, Oscuro et l'une des mamans. Dans le second, tous les autres. Et la mère d'Oscuro.

Oscuro veut que ce cauchemar cesse. Il veut remonter le temps. Il veut être tout à l'heure, au milieu de l'océan, avec toutes les directions pour fuir, il veut être tout à l'heure et qu'ils décident plutôt de ramasser du varech dans les hauts-fonds, mais il est là, il y a les cris des hommes, leur excitation écœurante qu'Oscuro sent, et puis sa famille, qui crie, les mères, qui hurlent, et tout qui dit que rien ne sera plus jamais comme avant.

Les hommes lancent des cordes, ils essaient de les atteindre avec de longues perches qui piquent leurs peaux épaisses et les font saigner. Ils attrapent la maman avec leurs lassos de pauvres cow-boys dégénérés, ils serrent et ils tirent, ils veulent l'éloigner des petits, mais ils serrent trop fort et déjà elle saigne, son poitrail blanc devient carmin. Ils la tirent, la basculent de l'autre côté du filet, en s'aidant de leurs horribles bâtons, et la laissent tomber comme ça, elle et les cordes qui l'emprisonnent, elle se débat de la queue pour se débarrasser des liens qui entravent ses nageoires, qui l'empêchent de bouger, et déjà elle ne les intéresse plus. C'est aux petits qu'ils en veulent. C'est eux qui valent le plus d'argent.

À grands coups de bâtons, ils ont réussi à hisser Oscuro dans cet affreux hamac, percé de deux trous pour les nageoires et maintenant il est là, dans les airs, avec un formidable point de vue sur le spectacle terrifiant : sa famille disloquée, les parents, prisonniers de leurs filets, qui hurlent à vous déchirer le ventre, et juste au-dessous de lui, les eaux rougies, et le corps flottant de l'une de ses deux cousines. Elle ne bouge plus.

Comment peut-on jouer et sauter et tourbillonner dans les eaux et être si furieusement vivant, et l'instant d'après, n'être plus que cette chose écarlate et inerte ?

Il entend les cris des siens, bien après qu'on l'a plongé dans ce bac dégoûtant, dans les entrailles de ce bateau qui sent le métal, la crasse et le fuel. Bien après que le bateau a parcouru les milles qui le séparent de la grande ville. Bien après qu'on l'a embarqué dans cet avion.

Elfie

Les manchots, ça a duré quatre mois. J'ai presque été triste, de les quitter, qui aurait pu dire ça ? Qui aurait pu dire que je me révélerais capable de m'attacher à des animaux ! Alfonso, surtout, me manque. Je prends le temps d'aller lui faire une petite visite, quand je peux. La plus grande manchotière de l'Atlantique Nord n'est toujours pas terminée. Je me demande si elle le sera un jour. J'espère qu'Alfonso restera vivant suffisamment de temps pour s'y ébattre.

Je ne sais pas si c'est une règle de fonctionnement du parc, commencer par soigner les animaux, puis passer au dressage, ou simplement un concours de circonstances, mais monsieur Nataf a décidé que je deviendrais dresseuse d'orques. « C'est par rapport à la natation. Je me suis souvenu de toutes ces années que vous aviez passées au Cercle des nageurs ». Du pipeau. À mon avis, l'une des dresseuses les a lâchés, et ils se sont retrouvés bien dans la panade.

Je suis en binôme avec Stacy, depuis trois semaines. Une espèce de pimbêche avec qui il me serait bien impossible de devenir amie. C'est à elle de m'apprendre. On a toute la saison morte, pour ça. Dans deux semaines, le parc ferme deux mois, on a donc un paquet de journées de travail intensif devant nous. Comment amener une bestiole de cinq milles kilos à vous obéir au doigt et à l'œil. Je n'en reviens toujours pas. Je pensais qu'il fallait une formation, pour ça, je ne sais pas, des études ! Je suis sûre que c'est ce que les spectateurs imaginent, lorsqu'ils nous regardent. Qu'on a fait des études de biochimie avant de passer un diplôme de vétérinaire et de compléter par une mention en éthologie animale. Ben non, Stacy a commencé par bosser à la cafèt' du parc, avant qu'on la flanque chez les otaries, puis chez les orques.

Dès lors qu'ils ont décidé de me passer au dressage et au bassin des orques, j'ai eu le programme physique qui correspondait à la tâche. C'est Job qui s'est occupé de ça. C'est lui qui avait en charge la préparation physique de chacun des dresseurs, c'est lui, l'entraîneur sportif. On est tous passés entre ses mains. Avant ça, Job était sportif de haut niveau. Rugby, c'était ça, son sport. Il joue encore, le vendredi soir. Cela m'arrive régulièrement de l'accompagner aux entraînements. J'aime bien. C'est frontal et c'est fin à la fois, ce sport.

Job a regardé quels sports je pratiquais et a adapté le programme à ce que j'aimais faire. Pour moi, il y avait déjà la natation, et ça tombait bien, parce que c'était obligatoire pour tous. Le mardi soir on avait rendez-vous au Cercle des nageurs, pour un entraînement vraiment particulier, qui, au contraire du reste du programme établi par Job, faisait partie de notre temps de travail : de l'apnée, des exercices de sauvetage. De l'endurance.

Job est aussi responsable de la salle de musculation mise à la disposition du personnel. Elle n'est pas bien grande, mais les cinq appareils qu'ils ont réussi à caser dans le petit espace sont tout neufs.

Quand monsieur Nataf m'a parlé de préparation physique, la première fois, j'ai ri bêtement. Je pensais qu'il plaisantait.

Cette salle de musculation, j'y vais tous les jours, ou presque. Et pas simplement parce que j'ai envie d'être en forme. C'est Job. Je ne sais pas comment je suis tombée amoureuse. Ni quand. Ce n'était pas un coup de foudre, en tout cas, parce que la première fois que je l'ai vu, il ne m'a pas du tout plu. Je déteste les mecs qui font de la musculation. Trop petit. Trop musclé. Bref, il n'y avait rien qui allait. C'est venu petit à petit. À force de passer du temps avec lui. De sentir ses mains sur moi, lorsqu'il me montre la bonne position. Mais attention, il n'a jamais eu de gestes déplacés ! De le voir sourire. C'est la première fois que je ressens ça. Le ventre qui tremble. La voix qui tremble. Le cœur qui s'emballe.

Il n'a personne, dans sa vie. J'ai posé les questions, pour savoir, l'air de rien.

Je ne sais pas s'il a deviné. S'il a senti, que quelque chose avait changé. J'aimerais. Ça commence à peser un peu lourd, cet intérêt à dissimuler. Et moi j'aime les choses simples.

Le parc compte quatre orques : deux femelles, Thalia et Alaska. Babou, le petit de Thalia. Et enfin un mâle. Titan. Le Titan noir. Un vieil épaulard. On l'appelle comme ça à cause de l'anomalie. Unique, chez un épaulard : il est intégralement noir. Il est d'une beauté incroyable, cet animal. Et cette couleur… ça le rend très impressionnant.

Chaque orque a son dresseur : Thomas pour Thalia, Gaëtan pour Alaska. Stacy est la dresseuse de Titan.

Babou, lui, pour l'instant, compte pour du beurre. Il est bien trop petit pour travailler. Tout ce qui l'intéresse, c'est de jouer. Ça complique les entraînements d'ailleurs, il est toujours en train de mettre son grain de sel à droite et à gauche et d'agacer l'autre femelle.

Si on m'avait laissé le choix, j'aurais préféré m'occuper de Thalia et de son petit. Ce n'est pas que Titan m'intéresse moins, mais il a l'air… plus difficile. Pourtant, il obéit, il exécute toutes les acrobaties qu'on lui demande, sans qu'on n'ait jamais rien à lui dire d'ailleurs, alors qu'avec les femelles, il faut souvent s'y reprendre à deux fois pour qu'elles obéissent. Il ne se bat jamais, au contraire, c'est lui qui reçoit les coups. Le matin, on le retrouve souvent avec des marques, sur les flancs, dans le dos, des morceaux de peau arrachés, qui pendent et laissent voir la chair.

Je ne sais pas, il a quelque chose de différent. Je pense que Stacy ne s'y prend pas bien, avec lui. Qu'elle est trop directive. Trop dure. Pas assez tendre. Je sens que Titan n'aime pas Stacy. Je le vois, dans ses yeux. Je ne sais pas ce qu'il pense de moi, mais je vais essayer de faire mieux qu'elle.

Bientôt, je serai seule avec lui. Enfin bien sûr, il y aura les autres dresseurs. Mais je serai seule à gérer Titan, sans Stacy. En attendant, demain, j'ai mon premier show. Je ne ferai pas grand-chose, mais je serai avec eux. Pour un premier spectacle. Et à la réouverture, cette fois, ce sera le grand saut. Plus de figuration, j'aurai Titan pour moi toute seule.

Maxime garde la bouche ouverte, quand je lui parle de ce que je fais, quand je lui raconte, le parc, les orques. Et la vérité, c'est que ça me flatte. On se voit moins souvent, c'est vrai. À cause de ces horaires décalés, d'abord : le week-end, je travaille, et lorsque je suis en repos, lui est à la fac. Il a énormément de boulot, alors pas question de se dégager une soirée en semaine. Il sera médecin, comme son papa et comme sa maman. Mais je sens que c'est un vrai choix, pourtant. Il a sincèrement envie de s'occuper des gens. On se croise, juste, pour un thé ou un café. Il n'est jamais venu me voir, faute de temps. Et puis aussi parce qu'il n'aime pas ça. Les zoos, les parcs. Tous ces animaux enfermés. Mais il a promis de le faire. Un jour.

Demain… Oh purée, lorsque je pense à demain, je me sens excitée et terrifiée à la fois.

J'aimerais qu'il soit là. C'est bien la première fois, jamais je n'ai souhaité ça. Même pour ma rentrée au collège. Même pour ma rentrée au lycée. Mais demain, j'aimerais bien. Lorsque j'arriverai pour saluer, balayer du regard les gradins et le reconnaître. Qu'il soit venu pour moi. Papa.

Victor le chef cuisinier était tombé amoureux de quelqu'un d'autre. Ça arrive, maman m'a expliqué. On croise un regard. C'est comme ça, on ne peut pas lutter, on ne peut rien y faire.

« Victor n'est pas un mauvais bougre, loin de là. Il ne faut pas être en colère contre lui. »

Je me souviens être allée regarder ce jour-là sur Internet la signification de ce mot qui me semblait tout droit sorti du Moyen Âge et qui se retrouvait souvent dans la bouche de maman.

Bougre : *Gaillard, individu. Il n'est pas mauvais bougre : il est plutôt gentil.*

Maman avait raison, Victor n'était pas mauvais bougre.

Ils ont remplacé Victor par un nouveau chef. Hélène, sa femme, était effondrée, alors maman et papa ont pris soin d'elle. C'est normal. Elle était à la maison de plus en plus souvent. À vrai dire, elle était là à tout bout de champs. Elle dormait régulièrement dans la chambre d'amis.

J'ai vu ce qui était en train de se nouer bien avant que maman ne commence à se poser des questions. Des pieds qui se cherchent, sous la table, pendant les repas. Des mains qui se frôlent. Des regards échangés. Alors j'ai cherché à en savoir plus, ou plutôt à en savoir moins : je voulais trouver la preuve que je me trompais, et bien entendu, j'ai trouvé la preuve que j'avais raison. Un baiser. Un baiser tout ce qu'il y avait de moins amical et de moins fraternel ! Un baiser avec la langue, un baiser plein de passion, échangé sur le seuil de la maison, alors que maman et Raphaël dormaient comme j'étais censée le faire, moi aussi. Mais voilà, il faisait chaud, j'avais ouvert, j'avais entendu des bruits de conversation, je m'étais mise sur la pointe des pieds, pour mieux y voir, manque de bol il y avait la lune, manque de bol j'avais tout bien vu, comme si j'y étais, en bas, devant la porte. Hélène et papa.

J'avais bien fait la gueule à mon père, le lendemain. Sur le coup, pas de doute qu'il avait dû se demander pourquoi je boudais ses bras et sa cuisine. On était en été, le soleil, les vacances, d'ordinaire, j'étais dans ses pattes tous les matins, là où c'était le moins pratique, parce qu'il y avait du boulot à la pelle.

On ne partait pas en vacances, l'été, c'était là que se gagnait l'argent de toute une année, ou presque. Mais on n'avait pas besoin de partir en vacances. Tous les après-midi, on allait à la plage, Raphaël et moi. Je n'avais pas le droit de m'y rendre seule. C'était beaucoup trop loin, je pouvais faire toutes sortes de mauvaises rencontres. Des pédophiles, il semblerait que la région en ait été infectée, à voir comme on me mettait sous cloche.

Ça soûlait Raphaël, de se taper tous les jours la petite maigre derrière lui, de se la traîner comme un boulet, alors dès que l'on avait passé le coin de la rue, il me larguait. C'était facile, j'avançais à deux à l'heure. On passait l'après-midi sur la même plage, dans les mêmes vagues, mais pas avec les mêmes groupes d'amis. Je pense qu'au fond, il avait honte de se trimbaler avec moi.

On ne se retrouvait que le soir, au coin de rue.

On rentrait à la maison ensemble, salés et fourbus.

Aujourd'hui, le petit maigre, c'est lui. Derrière son bureau de ministre. Avec une plaque en bronze sur laquelle sont apposés son nom et le titre compliqué de son métier en anglais. Il est trader.

Je m'étais demandé quoi faire, dire ou ne pas dire, mais j'avais eu peur de m'en prendre une, ce n'était pas si rare, dans notre famille, les gifles, sur les joues de Raphaël ou sur les miennes, et je ne savais pas trop si ce que j'avais fait était bien autorisé, se pencher comme ça, pour mieux voir et voler un moment d'intimité, alors j'avais finalement décidé de me taire et d'attendre. Et puis maman l'avait bien dit, au sujet de Victor, on croise un regard et voilà, on n'y peut rien, ça ne fait pas de Victor un mauvais bougre. Peut-être bien qu'au final, cette histoire de baiser sur la bouche d'Hélène ne faisait pas de papa un mauvais bougre, voilà de quoi la petite fille de dix ans tentait de se convaincre, tout en continuant malgré tout de faire la gueule au pas mauvais bougre, parce qu'au fond, elle pressentait que cette fois, sa mère ne verrait sans doute pas les choses de la même manière.

Tout est question de distance.

Évidemment elle avait fini par savoir.

Ils avaient fichu le camp tous les deux, la meilleure amie et le mari, nous laissant en plan comme des poupées de chiffon qu'on abandonne sans vergogne avec l'enfance. Ils s'étaient barrés. Et sur le coup on s'était dit bon débarras. Parce qu'on était tous en colère, vu que maman l'était.

Le jour même, maman avait posé derrière les portes vitrées du restaurant une grosse pancarte À *vendre* qu'elle avait volée sur un terrain vague du coin. Et à partir de ce moment-là, la galère avait commencé.

Au début, mon père est revenu nous voir. Ça a duré une dizaine de mois. Maman quittait la maison pour quelques heures, nous laissant seuls avec lui. Il se débrouillait toujours pour dépasser l'heure qui avait été convenue, pour la croiser, pour lui parler, s'excuser ou je ne sais quoi. Et immanquablement, ça finissait dans les cris et les objets fragiles que l'on jette par terre.

Mais il s'est vite installé quelque chose de spécial entre nous trois, lors de ces visites. Une sorte de gêne qui empêchait de se sentir très à l'aise, qui empêchait de se prendre dans les bras comme avant. Le fait de se retrouver artificiellement réunis comme ça, à des heures précises, parfois au détriment d'autres projets qu'on aurait eus. D'autres envies. Le fait de voir la détresse de maman, le reste du temps. Tous les mots assassins qu'elle avait pour papa, à longueur de journée, à ressasser… « Ce salopard »… « Cette salope »… « Qu'ils crèvent tous les deux en enfer »… Ça n'a pas aidé à ce qu'on garde le lien. Et puis un jour, papa a quitté la région, avec *l'autre salope*. Et on n'a plus jamais entendu parler de lui.

Après la capture, on a fait glisser sans ménagement le petit mâle dans un grand bac, installé dans une sorte de gigantesque entrepôt. On a fait de même avec sa cousine, dans le second bac.

On était dans le port. J'entendais les bruits des moteurs, le va-et-vient des engins de déchargement. Il y avait l'odeur de fuel, aussi. Une odeur écœurante.

Deux des pêcheurs discutaient :

– *I never saw that !*

– *What ?*

– *He is all black. Fully black.*

Le tout jeune épaulard était intégralement noir, en effet. Une étrangeté de la nature. Une bizarrerie de la génétique. Une peau d'un noir somptueux et brillant, sans la moindre tache blanche. L'animal était magnifique. Il rayonnait de santé et de vitalité.

Ils s'étaient interrogés, ensuite. Est-ce que cette couleur le rendrait plus difficile à vendre, ou est-ce qu'au contraire, ça le rendait plus précieux ?

– *Let's call him Oscuro.*

C'est ça. On n'a qu'à l'appeler Oscuro. Ça veut dire sombre, en espagnol. C'est ce que le pêcheur a expliqué à son compère. Sans doute qu'il venait de là-bas. D'Espagne. Sombre comme sa peau. Sombre comme l'avenir qui se dessinait devant lui. Et c'est ainsi qu'il a été baptisé.

L'eau dans laquelle Oscuro se trouvait n'était pas du tout à la bonne température. Elle était beaucoup plus chaude que l'océan, elle était tiède, il y flottait toutes sortes d'odeurs chimiques qui lui ont retourné le ventre et l'ont fait vomir plusieurs fois.

Tout un tas de monde est venu voir les captifs. Un vrai défilé d'hommes en tous genres. Dès cet instant, les animaux n'étaient plus des êtres vivants, mais des objets. Des bêtes de foire. On aurait dit que tout ce que la ville comptait de pêcheurs s'était donné rendez-vous là, auprès d'eux. Comme s'ils leur appartenaient, à tous. Comme s'ils pouvaient tous s'enorgueillir de leur capture. Un à un, ils escaladaient l'échelle pour voir les bêtes.

Les hommes étaient tellement fiers de ce qu'ils avaient fait ! Comment c'était possible ? De regarder ces animaux, des enfants paniqués, prisonniers dans des bassins minuscules, avec encore dans leur cou la marque sanglante de la corde qui avait servi à les priver de leur liberté, la corde qui les avait arrachés à leur mère, et les traces de coups reçus à droite et à gauche, pendant l'horrible combat, leurs peaux ouvertes çà et là, comment est-ce possible de regarder ça, et de se réjouir ?

Toute la nuit, j'ai imaginé l'écho de leurs appels. Quelque part sur l'océan, à des kilomètres de nous, elles criaient, les mères, et les autres. Ensemble, elles émettaient des ultrasons pour essayer de localiser leurs petits.

La cousine était là, juste à côté de lui, dans un bac semblable. La petite femelle s'est mise à pousser des hurlements de désespoir. Puis ça a commencé. Les coups qui résonnent sur les parois métalliques. Je ne voyais rien, mais je savais exactement ce qui se passait. Elle prenait les deux ou trois mètres d'élan qu'elle pouvait prendre, et elle venait frapper son crâne contre la paroi. Ça a duré des heures.

Un peu plus tard dans la nuit, il y a eu des gémissements, puis plus rien du tout.

Le matin, ils se sont tous engueulés, autour du bac, alors j'ai compris qu'elle était morte, elle aussi. J'ai pensé que c'était peut-être mieux. J'ai pensé qu'elle avait eu le courage. Mais plus tard dans la journée, je me suis retrouvé nez à nez avec son cadavre. Ils l'avaient abandonné là, dehors, parmi d'autres détritus. En attendant de savoir comment s'en débarrasser. Ils avaient fait ça sans aucune délicatesse, son corps était tout tordu. Ils avaient dû la déplacer avec une pelleteuse, elle présentait des blessures, partout. Et là je me suis senti torpillé. Je me suis senti partir en morceaux. Toute la violence de cette journée de capture, toutes ces images effroyables me sont revenues en pleine face. Tout ça pour ça, pour que ce bébé vivant et tonique devienne cet amas de chair sans vie. Je me suis écroulé, en larmes.

Les jours suivants, je les ai passés dans ma chambre. Enfermé. Sans voir personne. Quand je suis retourné là-bas, le hangar était vide. Ils avaient hissé le bac d'Oscuro dans un énorme camion. Et puis il y avait eu l'avion. Et le premier parc.

J'ai laissé passer un mois, deux mois. J'ai fait quelques convoyages. Mais je ne pensais plus qu'à cette journée abominable. Je ne pensais plus qu'à l'orque.

J'ai décidé de la rejoindre. Je n'ai pas eu de mal à la retrouver. Je savais qui étaient les acheteurs. Je me suis présenté à la direction du parc. Je n'ai pas dit qui j'étais. Je voulais juste travailler. Un boulot, n'importe lequel. Et du boulot, il y en avait.

Oscuro était enfin un peu tranquille. Enfin plus de bruit de moteur, plus de bruit d'hommes, plus de cris, plus de roulis.

Plusieurs fois dans la journée, deux vétérinaires venaient l'examiner. Ils lui parlaient d'une voix douce, caressaient sa peau. Il ressentait tout ça plutôt qu'il ne le sentait. Il se trouvait dans un état second ; cette nouvelle réalité, celle dans laquelle on l'avait obligé à entrer avec tant de brutalité, était trop dure à appréhender. Son corps flottait dans le bassin, et son âme flottait dans son corps. Avec rien de solide à quoi s'accrocher.

Quand ils ont jugé sa santé satisfaisante, ils l'ont transféré dans le grand bassin. Et là son cœur a manqué d'exploser. Il n'était pas seul. Au fond du bassin, il y avait deux femelles. Adultes.

Là où il avait pensé trouver de la douceur, il n'a rencontré que de la brutalité. La première nuit a été atroce. Les deux femelles n'ont pas vu en lui le petit en souffrance, il n'était pour elles qu'un mâle étranger. Elles se sont acharnées sur lui. Oscuro était lourd pour son âge, il était pataud, il était lent. Oscuro n'avait aucune chance de leur échapper. Au petit matin, les soigneurs l'ont trouvé couvert de morsures.

Elfie

C'est aujourd'hui que j'entre en scène pour la première fois. Mon premier spectacle avec Titan et sans Stacy. On dirait qu'on a enfermé une jeune hirondelle dans ma cage thoracique. Ça bat d'une façon totalement anarchique là-dedans. Il fait chaud, je porte cette combinaison épaisse, et pourtant, je frissonne, je ne peux empêcher le tremblement de mes jambes. Ce sera bientôt mon tour.

C'est là, tout de suite, presque maintenant.

Il ne fait pas un temps extraordinaire, et pourtant, il y a beaucoup de monde. Le POP a rouvert ses portes depuis deux semaines, les gens ont hâte de découvrir les nouveaux spectacles.

Ils sont tous installés, dehors, sur les gradins, depuis longtemps. Ils voulaient avoir la meilleure place. Aujourd'hui, pour la première fois, Stacy n'est pas là. Je ne suis pas la doublure, je suis la dresseuse. Seule avec Titan. Seule à lui donner des ordres, à siffler au bon moment, à récompenser au bon moment, à faire que tout se déroule exactement comme le scénario du spectacle le prévoit.

Tout s'est passé parfaitement bien, à l'entraînement, ce matin. Titan n'était pas blessé, pour une fois. Il est rare qu'il passe une nuit sans recevoir de morsures, alors il était calme. Concentré. Efficace. Les femelles aussi étaient calmes. Le seul susceptible de mettre un peu de bazar, c'est Babou. Mais finalement, ça ajoute au spectacle. Les visiteurs l'adorent. Ils adorent le voir embêter le monde et n'en faire qu'à sa tête.

Et soudain, je me sens légère comme une bulle. Le petit poids que j'ai sur l'estomac depuis quelques jours, cette petite chose qui m'agaçait, a disparu. Je saurai faire seule, maintenant j'en suis sûre.

Dernier briefing, avec Thomas et Gaëtan, les deux dresseurs avec qui je partage le spectacle. Dernier *checking* aussi… que l'un des seaux à poissons manque, et c'est tout le spectacle qui se retrouve en péril…

J'adore ce que je fais. J'adore la fébrilité, lorsque le brouhaha des spectateurs qui s'installent commence à grandir. Lorsque la musique est mise en route, toujours à fond, la musique, et que le grand écran s'allume. Que nous attendons dans l'ombre, les autres dresseurs et moi. Lorsque l'on s'élance tous sur la scène, j'éprouve une fierté que je n'ai jamais ressentie auparavant.

Je ne sais pas si ce serait la même chose, sur une scène de théâtre.

La musique, les cris d'impatience des gens, là, dehors, et on s'élance sur la scène.

– On a été bons, non ? me lance Thomas à la fin du spectacle, tout en se tortillant pour se débarrasser de sa combinaison de Néoprène.

Moi aussi, j'ai hâte de l'enlever, je crève de chaud. Rien à voir avec les répétitions, le vrai spectacle est dix fois plus physique. À cause de la pression que l'on se met, sans doute.

– Tu trouves ?

– Ah oui, je trouve que Gaëtan et moi, on a sacrément assuré.

Thomas se met à rire, et ébouriffe mes cheveux avec sa grosse main.

– Toi aussi, tu as été impeccable. Franchement, pour une première fois, tu as été top.

Il a raison. J'ai assuré, moi aussi. Je me suis étonnée moi-même. Non seulement j'ai fait ça super bien, mais en plus, je me suis régalée, là, sur la scène, avec Titan. J'ai adoré. Je n'ai qu'une envie, c'est qu'on recommence.

Oscuro n'est pas un assassin. Il n'est pas un fou. Il est un être en colère. Il n'est que de la colère, une colère qui n'a cessé de grandir depuis l'instant où on l'a arraché aux siens, vous imaginez ? Une colère contrainte dans un corps massif devenu cependant trop petit. Les autres subissent les mêmes maltraitances que lui, et pourtant, eux semblent faire avec. Lui ne peut pas. La souffrance est trop grande.

Cette colère, il arrive parfois qu'elle se change en un énorme tsunami intérieur qui fait de lui un autre. Cela s'est passé, deux fois. Tout ça n'est qu'une conséquence de ce qu'ils lui ont fait ; de ce qu'ils lui font subir chaque jour depuis vingt ans. L'enfermement. La séparation. La solitude. Les singeries, chaque jour, les morsures des femelles, les coups, le chantage à la faim. Les responsables, ce sont eux. C'était juste plus fort que sa volonté. Il est devenu hors de portée de sa volonté. Et ce qu'on peut se demander, c'est pourquoi les autres, tous les autres, dans tous ces enclos de par le monde, restent si sages. Anesthésiés. Abattus.

S'ils se mettaient à tuer, tous, à mordre, à déchirer les chairs à chaque fois que l'on se retrouve en contact avec l'un d'eux, peut-être bien que les hommes leur ficheraient définitivement la paix. Qu'ils les remettraient à la mer.

La première fois que c'est arrivé, la première fois qu'Oscuro a tué, c'était bien loin d'ici. Un parc, quelque part. Ils se ressemblent tous. J'y étais. Je m'étais fait embaucher au service nettoyage. Encore une fois. C'était si facile à l'époque, ils avaient toujours besoin de main-d'œuvre pour les tâches pénibles. Moi ce que je voulais, c'est être près de lui. Tout le temps.

Il faisait lourd, ce jour-là. Chaud, et lourd. Les animaux étaient énervés, depuis le matin. Mais les spectacles se sont enchaînés, comme d'habitude, à droite et à gauche, dans le parc. Otaries, dauphins, orques. Chacun jouait son rôle, poissons à la clé.

On était en fin d'après-midi. Le troisième spectacle des orques était bien entamé. Il ressemblait sans doute en tout point au spectacle précédent. La dresseuse d'Oscuro était mince, sportive, jeune et belle, comme l'était la précédente, et comme le serait la suivante.

En vingt ans, j'en ai vus défiler, des hommes, des femmes, tous fabriqués sur le même modèle. Beauté insolente, dents d'une blancheur éclatante. Ardents et sympathiques.

Comme tous les autres, elle pensait qu'ils étaient amis. Nul doute qu'à l'extérieur du parc, quand on l'interrogeait sur son travail, elle répondait, avec une fausse modestie, et les joues un peu roses : « J'ai noué avec Oscuro une relation privilégiée, c'est très fort, personne ne peut comprendre ce qui nous lie », ou d'autres fadaises du même acabit.

La vérité, c'est que ce qui lie Oscuro à ses dresseuses, c'est ce seau de poisson, qu'on lui a appris si jeune à gagner morceau par morceau, en exécutant au coup de sifflet tous ces mouvements débiles. Rien d'autre que ce seau de poissons crevés, souvent mal décongelés. La vérité, c'est qu'il fait semblant, Oscuro leur laisse croire ce qu'elles veulent bien croire, pour ne surtout jamais, mais jamais, souffrir de la faim, parce que cette douleur-là est tout simplement abominable.

Comme tous les autres dresseurs, celle-là était persuadée qu'Oscuro aimait qu'elle pose sa saleté de main sur sa tête, qu'Oscuro aimait qu'elle le caresse comme une chose, et même qu'Oscuro aimait qu'elle l'embrasse. Tout dans son corps et dans sa voix disait à l'animal : tu n'es qu'une petite chose inférieure, je suis bien plus intelligente que toi, parce que regarde, c'est moi qui suis debout, au bord du bassin, à te donner des ordres, à te faire bouger selon mes envies, et c'est toi le prisonnier, dans ce petit bassin ridicule. Je suis plus intelligente que toi, et pourtant, regarde, je suis gentille avec toi, je sais te faire plaisir, et te récompenser, je suis quelqu'un de bien, non ? Dis-moi que je suis quelqu'un de bien, dis-moi qu'aucun dresseur avant moi n'a eu avec toi cette douceur, cette patience, cette bonté !

Elle pensait qu'elle lui faisait du bien. Elle pensait qu'elle lui apportait de la tendresse, du réconfort, dans l'univers brutal qui est celui de l'incarcération. Mais la vérité, c'est qu'elle ajoutait de la brutalité à la brutalité, parce que toute cette douceur, c'est du mensonge, du pur mensonge. Alors ces êtres au bord du bassin, ces êtres qui s'agitent et qui sifflent dans leur machin en métal, Oscuro les détestait au moins autant que les pêcheurs qui l'avaient arraché à la plénitude de l'océan, si ce n'est plus. Parce qu'eux n'ont pas cherché à lui faire croire qu'ils étaient amis.

Donc le show avait commencé. En fanfare. Avec tout le bruit, la musique à fond. Une musique grossière, vulgaire et agressive. Oscuro était seul, dans le bassin. Il avait tout de suite senti qu'elle était fatiguée. Il sent ces choses-là chez les hommes aussi bien que s'il s'agissait de ses propres sentiments. Vous, vous en êtes incapables. Vous êtes obligés de poser toutes sortes de questions pour avoir une petite idée de ce que vos semblables ont dans la tête ou dans le corps. Pas lui. Lui, il sait. Il sait précisément et instantanément.

Fatigué, Oscuro l'était lui aussi, les femelles ne l'avaient pas laissé tranquille une minute, cette nuit-là, et sa peau portait les traces de morsures toutes fraîches qui le faisaient souffrir. La plupart du temps, le matin, les soigneurs y prêtaient attention. Ils regardaient Oscuro sous toutes les coutures et après ça le vétérinaire venait, si besoin.

Quel que soit le parc, ils n'aiment pas qu'Oscuro se présente au public avec des plaies, il y en a toujours un pour prendre ça en photo, et balancer sur les réseaux sociaux, mais là je ne sais pas, ils devaient être occupés ailleurs, personne n'était venu l'examiner.

Il faisait chaud, il faisait lourd, on était en plein milieu de l'été. Les gradins, derrière la vitre du bassin, étaient chargés de tout un tas de personnes colorées, transpirantes et excitées, et ça y allait particulièrement fort avec les flashs. J'avais singulièrement du mal avec la musique, ces sons cacophoniques qu'on imposait aux bêtes chaque jour. Pour les animaux, une souffrance qui s'ajoute à la souffrance, ces sons comme des épées empoisonnées qui pénètrent si loin dans leurs chairs que le soir, quand le silence s'est enfin fait, ils y résonnent encore.

Les orques ont commencé la série de singeries. Faire un tour sur le dos. Poissons morts. Prendre la dresseuse sur le dos. Poissons morts. Sauter. Faire signe avec la nageoire droite. Faire signe avec la nageoire gauche. Et là pas de poisson. Elle n'a plus de poissons, son seau est vide, c'est ce qu'Oscuro comprend soudain. Elle a oublié de le remplir. Ce qu'elle distribue, depuis tout à l'heure, ce sont juste des restes du dernier spectacle d'hier.

La dresseuse a continué à lui donner des ordres avec son fichu sifflet au son métallique qui pénètre profondément dans le cerveau de l'orque. Plus de poissons, plus de singeries, c'est comme ça que ça marche, partout, dans tous les fichus parcs, mais non, elle continue, elle est de plus en plus nerveuse, elle regarde à droite et à gauche, elle sait que ce n'est pas bien ce qu'elle fait, qu'elle transgresse la règle. Et là, la colère, la rage, la rage viscérale doivent s'emparer de chaque parcelle du cerveau d'Oscuro, une rage sismique qui se gonfle et se dilate et explose.

C'était si facile : il pèse cinq tonnes et elle quoi... cinquante kilos ?

Elle n'était personne. C'est elle qui n'était personne et Oscuro allait vous le montrer, vous tous, là, de l'autre côté de la vitre, tous responsables de sa présence ici.

Elle était debout sur la margelle, là, tout près d'Oscuro. Confiante. Souriante. Tellement sûre de leurs places respectives : elle dans le rôle de la Personne, lui dans celui de l'Animal. Délicatement, Oscuro a pris son pied nu dans sa bouche. D'abord elle a dû penser que l'orque jouait, on la voit rire, un rire un peu stressé mais un rire quand même. Qu'elle rie.

J'ai senti que ça allait arriver. Comme si j'étais lui. Comme si j'étais dans le bassin. Aujourd'hui encore, c'est comme si j'y étais.

Il serre un peu mais pas trop, il ne veut pas que le pied se détache du corps. Pourtant ce serait tellement facile, avec toutes ces dents dans sa gueule ; double rangée, même si en captivité il a perdu bon nombre d'entre elles ; sa bouche comme une scie ; de toute façon, sa bouche, même nue, sa bouche peut la démembrer.

Et puis d'un coup sec, Oscuro l'arrache à la terre ferme, il l'emporte au fond, il a fait ça avec tant de force et de rapidité que le crâne de la jeune fille n'a même pas heurté le rebord. Au fond tout au fond, il compte jusqu'à dix, et il la ramène à la surface.

Là-haut ça crie et ça pleure, je sens comme le vent chaud de la panique, et les appareils photo crachent des milliers d'étincelles. Vous vouliez du spectacle, non ? Vous étiez venu voir un être souffrant, et voilà, le personnage principal a changé, mais c'est pareil pas vrai, vous en avez pour votre argent ?

Elle ne crie pas, bien trop occupée à tenter de retrouver son souffle. C'est ça ma belle, respire, parce que ça va durer un petit moment. Oscuro compte jusqu'à dix, et redescend avec elle.

Il a fait ça dix fois. Descendre, remonter, descendre. Quand ils sont à la surface et que le répit est là, il la regarde droit dans les yeux. Elle croit sans doute qu'il va finir par lâcher prise. Quand ils sont là-haut, elle lui murmure des mots doux qui traversent le bruit des cris. Des mots gentils, des mots d'amour, des mots d'apaisement. Elle est sans doute terrorisée, on le voit, son visage s'est changé en masque. Blanc. Tendu à l'extrême. Mais une part d'elle espère.

Une part d'elle croit encore qu'ils sont amis. Que leur complicité est incroyable. Elle veut croire que son ami a juste eu un moment de déraison, et qu'il va peu à peu reprendre ses esprits. Sauf que c'est tout le reste du temps, qu'il a été déraisonnable, et cet instant est le seul instant de vérité. Oscuro montre la vérité nue, dans toute sa monstruosité. Il montre la souffrance béante. Il exhibe le mal qu'ils lui ont fait. Il se révolte, il se débat, il montre combien il est vivant.

Oscuro ne se sent pas du tout fou. Il se sent bien. Il se sent calme. Oscuro lâche la jeune femme, elle croit que c'est fini, elle esquisse quelques gestes de nage, le bord et la sécurité sont si près, quelques mètres, à peine, il y a même des bouteilles d'urgence de prévues, des bouteilles rondes remplies d'oxygène. Mais soudain Oscuro se jette sur elle de tout son poids, et il recommence, et il recommence, il s'élance, il se jette. D'un coup de rostre il la projette dans les airs, il fait d'elle un abominable oiseau, comme ils ont fait de lui un pitoyable poisson.

Elle résiste encore. Oscuro sent sa panique et son épuisement mais ça ne le touche pas. Il joue avec elle. Il l'agite, en la saisissant d'un bras, ou d'une jambe, jusqu'à ce qu'elle ne soit plus qu'une pauvre poupée disloquée. Et bientôt elle est morte.

Et alors, seulement, il arrête.

Je ne sais pas combien de temps tout cela a duré, mais suffisamment pour que le soleil ait atteint l'horizon. Le parc s'est vidé de ses bruits humains, ils ont évacué tout le monde. Tout est incroyablement paisible. Juste les cris familiers des animaux.

Ils étaient une poignée d'hommes, au bord à chuchoter. Ce qu'ils voulaient, c'était qu'Oscuro leur rende le corps qu'il gardait dans sa bouche.

Oscuro a libéré le corps au petit matin. Je me sentais serein, comme jamais auparavant. Je pensais que c'en était fini. Ils allaient le prendre, ils allaient lui ôter la vie, et ce serait enfin la paix, pour lui. Une autre forme de liberté.

J'ai vu une piqûre... J'ai pensé à un poison, à une mise à mort, mais c'était juste de la drogue.

Ils l'ont ramené à la capsule, l'enclos minuscule où il passait ses nuits. Tellement petit qu'il ne pouvait pas se retourner. Piqué, chaque jour, ou presque. Sorti tous les matins dans le grand bassin, rentré. Toutes sortes de spécialistes ont défilé. Mais il ne s'est rien passé de plus.

Et puis un jour, la grue, le hamac, et un nouveau parc. On l'a emmené ailleurs.

Elfie

« Maman ? C'est moi, maman, tu es là ? »

J'aurais tellement aimé qu'elle soit là pour m'accueillir. Même en râlant. Mais la maison est vide.

On est mi-juillet. Il fait encore jour. Je devrais être dans un endroit sympa, à l'heure qu'il est. À boire un verre. Avec Job, ou Maxime. Comme font les autres. Ceux de mon âge, qui profitent de chaque soirée de l'été. Et là, je n'ai qu'une envie, c'est me coucher. Je suis épuisée. Je suis épuisée physiquement, mais c'est surtout le mental, qui flanche. J'ai passé l'après-midi à pleurer. J'ai besoin d'une épaule, là.

– Allo maman ? Mais ça fait dix fois que je t'appelle ! Tu n'as pas vu les messages en absence ?

– Bonjour ma chérie, oui merci j'ai passé une bonne journée !

– Pardon maman. C'est juste que... moi ma journée a été vraiment pourrie. Tu es où, là ?

– Euh... je suis avec Patrick. Mais toi, où es-tu ma chérie ?

– À la maison, j'ai pris la clé, sous la pierre. C'est qui ce Patrick ?

– Comment ça, à la maison, mais tu ne travailles pas, demain ?

– Si, je travaille bien sûr, mais il m'est arrivé un truc vraiment pas sympa, aujourd'hui, et j'aurais bien aimé passer la soirée avec toi, et dormir dans ma chambre, cette nuit.

– Un truc pas sympa ? C'est pas grave au moins ? Patrick, c'est Patrick du tennis. On est au resto, là. Franchement, je ne vois pas comment je pourrais partir sans passer pour une mal élevée. Mais on se verra au petit déj', d'accord ? C'est quoi, ce truc pas sympa ?

– C'est Alfonso, tu sais, le petit manchot. Il...

– Je ne t'entends vraiment pas bien ma belle. Bon, il y a plein de trucs à manger, dans le frigo. On parle de tout ça demain, d'accord ?

Oui maman, mais c'est là, tout de suite, que je voudrais te raconter. Poser la tête sur tes genoux, et t'entendre râler parce que mes larmes mouillent ton pantalon. Sentir ta main dans mes cheveux. Et que tu trouves avec moi que c'est grave. Que c'est dégueulasse, même, et que tu comprends mon chagrin.

Cet après-midi, j'ai eu envie de rendre visite à Alfonso. Ça faisait un petit moment que je n'avais pas pris le temps d'aller le voir. On est en pleine saison, il y a toujours un truc à faire, en dehors des spectacles, parce qu'il manque toujours quelqu'un. Mais je ne sais pas, j'ai pris le temps. Entre les deux shows de l'après-midi.

Je suis passée par la salle de repos, histoire de saluer Angela, si elle était là. Je ne l'avais pas vue depuis longtemps, elle non plus. Quand elle m'a vue entrer dans la pièce, son visage s'est fermé.

– Mais maman, ça va pas la tête, tu m'as fichu une de ces trouilles !

– Eh ben dis donc, cache ta joie ! J'ai quand même planté Patrick devant son assiette d'huîtres pour venir te retrouver ! Mais ma chérie, c'est quoi, ce chagrin ? Viens là, ma belle !

Cet après-midi, Angela n'était visiblement pas ravie de ma visite, mais j'ai fait comme si je ne voyais rien. J'ai demandé de ses nouvelles, des nouvelles de ses enfants. Elle m'a répondu du bout des lèvres. J'ai donc écourté la conversation.

- Bon... ben j'y vais, salut Angela.

– Où ça ?

– Câliner Alfonso. Ça fait un petit moment que je ne l'ai pas vu. Et là, j'ai un peu de temps, alors...

– Écoute, Elfie, il est mort, Alfonso.

Elle m'aurait planté un couteau dans le ventre que je n'aurais pas eu plus mal. Il fallait ça, pour que je découvre à quel point j'étais attachée à cette petite bestiole ?

– Mais… on aurait dû l'isoler, non ? C'était sûr que ça finirait comme ça, que les autres finiraient par le tuer !

Je me suis sentie tellement minable, de n'avoir rien fait. Je savais, que c'était difficile, que sa petite taille le rendait vulnérable, qu'il en prenait régulièrement plein la figure, de la part de ses congénères. Qu'est-ce qui m'avait empêchée de me bouger les fesses ?

– C'est arrivé quand ?

– Il y a deux semaines. Mais c'est pas ça, Elfie. C'est pas ce que tu crois. Marcel est mort, lui aussi. Et les autres manchots n'y sont pour rien. Tu m'excuses, mais là j'ai plein de trucs à faire. Je suis à la bourre sur tout.

– Ben… tu ne veux pas m'expliquer ?

Et là seulement, j'ai vu. Qu'elle se contenait. Qu'elle était au bord des larmes.

– Ils les ont euthanasiés. Voilà ce qu'ils ont fait.

Il n'y aura jamais de manchotière. Ils peuvent mettre à la poubelle la belle maquette qui trône dans l'entrée du POP. Trop chère, la manchotière. Trop peu rentable, aussi. Ils ont besoin des fonds pour autre chose. Ils veulent développer une aire de jeux pour enfants, à côté du restaurant principal. Portiques, maisonnettes et toboggans. Histoire de garder les parents plus longtemps à table. Et qu'ils consomment davantage, bien sûr. Le conseil d'administration a dit oui. Du coup ils vont vendre leur stock. Leur stock de manchots, à d'autres parcs. Du coup il leur fallait se débarrasser des décotes. Les machins qu'on peut pas vendre parce qu'ils sont défectueux. Il fallait qu'ils se débarrassent d'Alfonso. Et de Marcel. Et de trois autres aussi, les plus vieux.

– Ma chérie mais c'est vraiment dégueulasse, comment on peut faire une chose pareille ? Faut le raconter, ça ! Prévenir les journaux, les associations ! s'insurge ma mère.

– Je peux pas, maman, j'ai promis à Angela de ne rien dire. Elle risque d'avoir de gros ennuis.

– Et alors on fait quoi ?

J'aime bien le « on », il me fait chaud au cœur. J'en sais rien maman, je me sens tellement minable. Je suis tellement fatiguée. J'en sais rien, de ce que je peux faire.

Après le décès de la dresseuse, ils ont changé Oscuro de parc, et changé encore de parc, histoire qu'on oublie. Moi, j'ai suivi. Toujours. Pensaient-ils sincèrement qu'il était guéri ? Que la première fois n'était qu'un accident ? Ils se sont trompés. Oscuro allait tuer, encore. Cette fois, je n'étais pas là, quand c'est arrivé. Mais je me suis imaginé la scène, des dizaines de fois. À partir de ce qu'on m'a raconté, le lendemain. Je peux décrire les événements comme si j'y avais assisté. Comme si je m'étais trouvé tapi dans l'ombre des gradins, la fameuse nuit.

Ce jour-là, ils l'avaient exceptionnellement séparé des femelles.

La dernière représentation avait été très agitée, Oscuro avait décidé de profiter du spectacle pour régler ses comptes avec les femelles et leur donner à chacune un bon coup de mâchoire. Elles l'avaient persécuté. Cela avait duré toute la nuit précédente. Les dresseurs l'avaient constaté, au petit matin : de larges bandes de peau arrachées, au niveau du cou et du flanc gauche. Alors ils avaient décidé de laisser Oscuro dans le grand bassin, le bassin des spectacles, pour la nuit. À vrai dire, ils n'avaient pas le choix, il n'existait qu'une capsule et le petit bassin extérieur était en travaux.

Il y avait le ciel étoilé, la douceur de l'automne. La lumière de la lune, généreuse. Le grand calme, rompu quelques fois par le cri d'un ours blanc, ou d'une otarie.

Les plaintes douloureuses des animaux, les râles d'angoisse, de désespoir, commencent à la tombée de la nuit. Comme le chant du merle noir. Mais à partir d'une certaine heure, la fatigue l'emporte, les cris deviennent plus faibles, puis s'éteignent tout à fait. Alors le silence envahit le parc.

Il a profité de chaque instant de cette nuit de répit. Une nuit sans inquiétude. Une nuit en toute confiance sans coups à redouter. Il n'a pas eu une seule nuit de paix, depuis sa capture. Il y a toujours eu la peur que les autres, les femelles, profitent de son sommeil pour l'attaquer, le blesser.

Il évoluait avec lenteur dans l'eau calme. Tout semblait tellement différent ! À commencer par les gradins, dans l'ombre. Les gradins qui ne sont pour Oscuro qu'un espace qu'il faut éviter tellement il pique les yeux. Mais cette nuit, pas de flashs, juste l'obscurité. Et puis l'eau noire, qui lui semble tellement différente de l'eau de la journée, plus profonde, plus dense, moins irritante pour les yeux et la bouche. Et aussi le bassin, qui paraît tellement plus grand.

Il l'a senti arriver bien avant de voir. Ensuite il l'a entendu. Escalader en jurant une première barrière. Puis une seconde.

Comment est-ce possible, de pénétrer comme ça, si facilement, de nuit, dans ce parc ? Il y a pourtant des alarmes ! Des gardiens, non. L'équipe de sécurité effectue une ronde tard le soir, pour vérifier qu'aucun visiteur ne s'est égaré et laissé enfermer, volontairement ou non, dans l'enceinte du parc. Cela arrive souvent. Pas tous les jours, mais presque. Les gens essaient. Les gens veulent avoir les animaux pour eux tout seuls. Ils imaginent quoi ? Que l'instant va être magique, qu'ils vont déposer leur souffrance aux pieds du premier venu pour un instant de pure communion ?

Pas de rondes de gardiens non, mais des alarmes, il y en a ! On les entend régulièrement, elles se mettent brutalement à vomir leur bruit assourdissant, pour un oui, pour un non. Et alors des hommes, trois ou quatre, sans doute jusqu'alors avachis dans de vieux canapés, à refaire le monde dans le silence ouaté de la nuit, des hommes se mettent en branle. Ils parlent fort et crient parfois, et s'agitent et allument tout en grand, sans aucune considération pour les cœurs affolés des animaux, leurs cœurs qui battent la chamade ainsi bousculés au milieu du sommeil.

L'inconnu avance le long des gradins. Il emprunte l'un des escaliers métalliques, j'entends comme si j'y avais été cliqueter la chaîne à laquelle pend sans doute le panneau sur lequel est inscrite la mention *Accès strictement réservé au personnel* et soudain, il est là, sur l'étroit chemin de ronde qui est, pendant les spectacles, le territoire des dresseurs.

C'est un homme. Le vent porte son odeur jusqu'à Oscuro. Il sent l'homme, mais aussi le tabac, l'alcool et la crasse.

Il avance avec hésitation et trébuche souvent sur des obstacles imaginaires, parce que des obstacles, il n'y en a pas, tout est prévu pour faciliter la course des dresseurs autour du bassin, et faire en sorte qu'ils ne se blessent pas.

Il a mis longtemps pour parcourir le tour mais il est arrivé à la grève artificielle, celle sur laquelle tous les jours les orques doivent se faire glisser à plat ventre, jusqu'aux pieds du soigneur, pour arracher un grand « Oooooh » au public.

Oscuro se tient tout au fond du bassin, aussi loin que possible de l'homme. Le visiteur nocturne s'assoit et il allume une cigarette. La tache rouge change d'intensité, selon qu'il aspire et qu'il recrache. Arrivé au mégot, il jette sa cigarette dans l'eau.

Et soudain une douleur, dans l'œil droit d'Oscuro, une douleur fulgurante qui provoque un mouvement de recul instinctif, il heurte violemment le mur, derrière lui. L'homme tient quelque chose, dans la main, une chose qui émet un rayon de lumière rouge, et il s'amuse à rechercher les yeux d'Oscuro, avec, et quand le rayon les rencontre, c'est très douloureux.

Cet homme, là, libre comme l'air, cet homme qui peut parcourir en tous sens l'étendue du monde et des mers, a choisi de venir saccager la seule nuit tranquille d'Oscuro, l'éternel prisonnier ! Il y a tellement d'autres endroits où il pourrait être, en cet instant, mais non, il se tient debout sur cette grève en plastique, à faire toutes sortes de bruits ridicules pour attirer son attention et l'amener à s'approcher de lui. Il est soûl, il a dû passer la soirée à s'enivrer. Je sens la colère qui se réveille.

Oscuro ne réagit pas, il reste immobile, une masse sombre dans l'obscurité, alors ça l'énerve. Maintenant, l'homme parle fort, il crie, presque, sans avoir peur qu'on l'entende. Il l'insulte.

« Hé grosse vache, tu as peur c'est ça ? Ramène-toi par ici, que je voie ta sale gueule. »

Un peu de patience. Il va abandonner, retourner d'où il vient et laisser enfin Oscuro à la tranquillité de la nuit. Mais non. Il s'obstine. Il se saisit d'un seau, qu'il jette dans la direction de l'orque, mais pas assez fort, pas assez loin. Un tabouret, puis un autre. Une perche, qui cette fois l'atteint et vient rebondir mollement contre sa peau.

Il n'a plus rien à jeter. Pars, fous le camp d'ici, fous-lui la paix !

Mais non. Ce qu'il fait, c'est qu'il se déshabille. Il retire un à un ses vêtements puants.

S'il pénètre dans l'eau. S'il entre dans son territoire, je sais ce qui se passera.

Et c'est ce qu'il fait. Il prend son élan, court quelques mètres et se jette à l'eau, et le froid lui arrache un cri. Il avait imaginé quoi, qu'on la chauffait, cette eau ? Alors aussitôt, il est calmé dans son projet débile, il essaie de sortir. Il s'agite, cherche à prendre pied sur la margelle, glisse. Essaie à nouveau, arrive à se hisser, à poser un genou, puis l'autre.

Mais c'est trop tard, il est là, derrière lui. Oscuro et sa colère spectaculaire, sa colère plus grande que le bassin, plus grande que le parc, plus grande que la ville.

Oscuro n'a qu'un coup de rostre à donner pour que le corps gras de l'homme bascule dans l'eau noire.

Elfie

Raphaël est là depuis une semaine déjà, et je l'ai à peine croisé. Il est sans arrêt en vadrouille, à rendre visite aux uns et aux autres. Il vient tous les étés, seul ou accompagné, ça dépend. Il reste une semaine, ou deux, avant de repartir pour l'Asie. Cette année, il est seul. Il part demain, alors cette journée de repos, je l'ai passée avec lui. On se fait un petit resto, pour finir.

– Tu as l'air super fatiguée. Ça se passe bien, ton boulot ?

– Toujours aussi délicat, avec moi ! T'as qu'à dire que j'ai une sale tronche ! T'as vu la tienne, de tronche ? Et merci, mais mon boulot, ça va très bien. Je ne l'échangerais avec personne, et surtout pas avec toi.

Pourquoi je finis toujours par me montrer agressive, avec lui ? On est pourtant bien, là, au bord de l'eau, devant notre assiette de pâtes aux fruits de mer ! C'est lui qui a raison. J'ai une sale tête. J'ai la tête défoncée, même. Mais pas seulement à cause de la fatigue. Je ne me sens pas bien. Je ne me sens pas détendue. Je me sens de plus en plus en… désaccord. Ou de moins en moins… à ma place, dans ce parc. Au milieu de ces animaux captifs.

Je ne sais plus quand c'était… il y a deux ou trois semaines, peut-être ? Un soir. J'étais restée tard, pour boire un verre. On fêtait le départ de Gaëtan. Il avait fini son contrat. Avant de partir, j'ai eu envie de voir Titan.

Lorsque je suis arrivée aux capsules, j'ai entendu pleurer. Ces bruits animaux, c'étaient des pleurs. J'ai trouvé Titan prostré, dans le coin du petit bassin où il avait l'habitude de se caler, pour la nuit. Ce bassin, il est tellement petit, ça doit leur demander tout un tas de contorsions, pour se retourner. Mais ils disent que dès qu'elles se retrouvent dans le noir, les orques dorment. Alors que la vérité, c'est que dès qu'elles se retrouvent dans le noir, les orques se déchaînent. Les femelles, surtout, qui ne supportent pas cette promiscuité et qui s'attaquent systématiquement à Titan.

J'ai d'abord pensé qu'il s'était encore fait attaquer, mais non, il n'avait pas de traces de coups, et les femelles se tenaient aussi loin que le leur permettait l'exiguïté du bassin. Même Babou se tenait tranquille. Je me suis approchée de Titan ; à travers la vitre, je lui ai parlé. Il gémissait, des bruits si aigus, et ses gémissements me retournaient le ventre. Il a fini par relever le rostre. Il m'a regardée, exactement comme un humain aurait regardé un autre humain. Il m'a regardée tout droit dans les yeux et j'ai vu tout ce que je ne voulais pas voir. La solitude. La folie. La colère. La haine. Le désespoir.

Elfie

Il est dix-neuf heures. Ils ont enfin cessé d'appeler. Ils ont essayé une bonne dizaine de fois. Monsieur Nataf. Angela. Monsieur Nataf. Angela. Ils ont fini par lâcher l'affaire.

J'ai laissé les volets fermés. J'avais peur qu'ils ne viennent me chercher chez moi. Je sais bien que ça frôle la paranoïa, cette idée. Mais dans le doute, je les ai laissés clos.

J'ai passé la journée allongée sur le canapé, comme une pauvre chose molle, à écouter des séries toutes plus débiles les unes que les autres. En surfant sur le Net. J'ai regardé tout et n'importe quoi. Des offres d'emploi. Et même des formations, à la fac. On est en septembre, c'est bientôt la rentrée universitaire. Peut-être qu'il serait encore temps de m'inscrire ? Je pourrais trouver un petit boulot, à côté, pour pouvoir garder mon appart ? Faire autre chose ! Je dis n'importe quoi. J'ai un boulot. J'ai bossé dur, pour arriver à faire ce que je fais. Et puis je suis plutôt bien payée. C'est juste que… Je suis juste… épuisée.

Je pense aux animaux, là-bas. Les ours, les manchots. Je pense à Alfonso. Je pense à Titan.

Je me sens sale, aussi encombrée que la table basse : poussière, boîte de pizza, vieux magazines, verres à moitié plein, abandonnés là depuis plusieurs jours.

Je ne peux pas y aller aujourd'hui. Je sais bien, c'est mon travail, maintenant, et la plupart des gens trouveraient que je ne suis qu'une sale enfant gâtée. Je veux juste me reposer. Aujourd'hui, juste une journée. Demain, il sera temps de leur expliquer. D'inventer une gastro ou je ne sais quoi. Et s'ils ne me croient pas, eh bien quoi, ils me vireront ?

C'est de plus en plus difficile. Pourtant, jusqu'à il n'y a pas si longtemps, je me sentais complètement hermétique à tout ce qu'on avait pu me raconter sur la souffrance animale, sur l'enfermement. Ou à peu près hermétique. Parce que je pensais que les autres se trompaient. Eux, ceux du rond-point. Maman. Raphaël. Maxime. Tous ceux qui ne comprenaient pas comment je pouvais supporter ça. Ces animaux magnifiques, privés de leur liberté. Ces parcs qui ne pensent qu'à se faire du fric sur le dos d'êtres vivants. Je me disais qu'ils ne comprenaient pas, parce qu'ils ne savaient pas. Ils parlaient sans savoir. Ils ne voyaient pas qu'à l'intérieur du parc, tout était fait pour leur bien-être. Et qu'à l'intérieur du parc, on les aimait. Tous les jours, chacun d'entre nous donnait son affection, ses caresses, ses baisers. Le meilleur de lui. Ces animaux étaient aimés, de quoi pouvaient-ils rêver de mieux ?

Je ne sais pas comment les choses ont changé, ni quand. Mais je me suis rendu compte que je répétais comme une machine ce que les formateurs du parc nous fourrent dans le crâne. Le discours que l'on servait aux spectateurs, à la fin du show, au moment où le micro circulait, dans les gradins, *pour un moment d'échange privilégié avec le dresseur.* « Les orques s'amusent autant que nous, à réaliser les acrobaties ». « Dans la nature, elles vivraient beaucoup moins longtemps ; ici, elles sont dorlotées, choyées… »

Peut-être que c'est parce que j'ai appris à les connaître. J'ai appris à sentir leurs émotions. Je sens leur fatigue. Je sens combien tout ce qu'on leur demande leur coûte, comme efforts.

Peut-être parce que je me suis rendu compte qu'on ne leur donnait pas suffisamment à manger. Qu'elles avaient faim, tout le temps. Que c'était la condition pour qu'elles obéissent. Que sans ça, jamais elles n'exécuteraient les fichus tours débiles qu'on leur impose. Cette vérité, je l'ai apprise de la bouche même de monsieur Nataf. Alors il semblerait que cette atrocité ne soit pas un secret, pour qu'il l'énonce avec tant de facilité, au détour d'un couloir, et d'une conversation, comme on parlerait de la pluie et du beau temps.

Peut-être à cause de la question de ce spectateur : « Mademoiselle, est-ce que vous pensez qu'elles sont heureuses ? » Ou alors à cause de cette autre question qui revient, toujours : « Pourquoi leur aileron dorsal est-il tout mou ? », à laquelle je réponds ce qu'on m'a appris à réciter : « C'est comme ça dans la nature aussi, il y a des orques avec la nageoire droite et d'autres avec la nageoire tordue… comme il y a des lobes de l'oreille détachés de la joue, et d'autres collés, ça s'appelle la génétique »… Tu parles de génétique, m'avait dit Gaëtan, aucun aileron d'orque ne s'affaisse, lorsqu'elles sont dans leur environnement naturel, comment les gens peuvent gober nos mensonges ?

Ainsi donc, on mentait. Mais on mentait comment ? On mentait jusqu'où ? Il suffirait que j'allume mon ordinateur, et que je tape « Orque », pour le savoir, alors pourquoi est-ce que je n'avais jamais eu le courage de le faire, tout ce temps ? Un peu plus d'un an que je travaille dans ce parc et je n'ai pas eu ce foutu courage !

Je devrais ouvrir les volets, au moins. Je vois qu'il fait beau, à la lumière qui filtre à travers les lattes de bois. Aux particules de poussière, qui dansent dans les airs. Ça devrait me faire du bien, du soleil, me remettre les idées à l'endroit.

Ils ne sont pas heureux. Ils souffrent. Ils souffrent le martyre, même, je le sens, je le sais. Les orques et les manchots. Les otaries, les dauphins, les tortues, je ne sais pas. Je n'ai plus trop le temps d'aller les voir. Au début, pourtant, je le prenais, ce temps, j'allais discuter avec les soigneurs, j'aimais faire mon petit tour, caresser, à droite et à gauche. Mais j'imagine que c'est pareil. Né en captivité ou pas, quel être vivant ça ne rendrait pas cinglé, de se retrouver enfermé ici ?

Dans ma tête, c'est le chaos total. Certains matins, je me lève, et je me dis, ça y est, c'est le dernier jour aujourd'hui. Je ne ferai pas une journée de plus. Pas une. J'assure le spectacle – je ne veux pas les mettre dans la panade, il ne faut pas exagérer, ils ont toujours été réglo avec moi – et je dégage. Mais je dégage loin loin, et jamais plus de ma vie je ne remets les pieds dans un endroit pareil ! C'est maman qui va être contente, elle n'attend que ça. Que je m'inscrive enfin dans sa fichue fac. Que je commence enfin de vraies études, pour me trouver un vrai métier. Jamais elle n'est venue me voir. « Plutôt mourir que donner un seul de mes euros aux patrons de cet endroit de malheur ».

Et d'autres jours, je retrouve les animaux, je travaille avec eux, et tout change, dans ma tête. Je me dis que ma place est là. Que peut-être je leur fais du bien. Que je leur apporte de la douceur. Qu'ils ont besoin de moi. Que je ne peux pas les abandonner. Alors je reste encore. Encore. Mais je sens bien que tout ça ne pourra pas durer longtemps.

Non, allez. Ça va. Ça va passer. Je vais bien, tout va bien. Tiens il faudrait que je me fasse un bon grand jus d'orange, tous les matins. Et que je me force à manger davantage peut-être. Tout me dégoûte. C'est cette odeur de poisson qui flotte autour de moi aussi, tout le temps. Sur mes doigts, surtout, c'est l'enfer. Je suis peut-être tout simplement faible.

Nager. Je vais me lever, et aller nager.

Il fait un froid de canard qui ne colle pas avec le soleil éclatant. Mais ici, les deux vont souvent de pair. Il y a bien quelques nageurs dans le bassin intérieur, mais personne ne s'est aventuré dans le grand bassin extérieur. En plus de l'entraînement obligatoire du mardi, je nage habituellement deux fois par semaine, quel que soit le temps. Cela fait pourtant plusieurs semaines que je ne suis pas venue. J'ai eu tort.

L'eau du bassin olympique extérieur est chauffée grâce à l'énergie libérée par la fabrication de la glace pour la patinoire, juste à côté. Ici on nage à l'air libre, sans avoir à supporter la suffocante odeur de chlore, tous les jours de l'année.

Avec cette température, le bassin fume. Je me laisse glisser dans l'eau douce et chaude, sous la petite couche de brouillard. Je me cache avec délices dans la vapeur. Il y a décidément des instants de grâce absolue. L'eau comme un baume, partout sur moi. L'eau comme un pansement partout sur mon corps et dedans pareil.

La deuxième fois que c'est arrivé, la deuxième fois qu'Oscuro a tué, ils l'ont encore mis à l'écart. Dans un bassin, seul. Au début, ils le faisaient tout de même revenir pour la clôture du spectacle, le grand *splash* : faire le tour du bassin poser sa nageoire en biais et arroser toute la compagnie. C'est ce moment qu'ils préfèrent, tous, je sens les ondes électriques de plaisir qui se dégagent de leurs corps lorsque Oscuro les arrose. Et puis je ne sais pas, ils ne l'ont plus sorti pour le grand *splash*. Même les soigneurs ne l'approchaient plus. Au début, ils venaient lui parler, sans passer le parapet en béton, parce qu'ils devaient avoir reçu la consigne de ne pas se retrouver dans l'eau avec lui, le tueur. Et puis ils ne sont plus venus. Juste pour le prélever, bien sûr, le faire mettre sur le dos et prendre sa semence qui vaut tellement d'argent.

Au commencement, il était content. D'avoir la paix. De ne plus être dans l'obligation de faire le singe savant, d'exécuter toutes ces simagrées dont les visiteurs du parc se repaissent comme les porcs se repaissent de légumes en décomposition, sous la pluie de flashs, qui blessent ses yeux comme d'ardentes étincelles. De ne plus être exposé aux coups et aux morsures des femelles. Qu'on le nourrisse sans lui demander en échange d'exécuter l'une de ces sordides figures obscènes. Mais très vite le vide lui est apparu dans toute son énormité. Ainsi, sa vie, ce serait ça. Un bassin vide. Des journées vides. Et aucune stimulation affective ou intellectuelle. L'ennui était déjà insupportable, mais là, il est devenu mortel.

Alors Oscuro a cessé de bouger. Il a cessé d'arpenter son minuscule territoire pour se laisser flotter dans le coin, ce petit coin de bassin où son colossal corps inutile, caché par le grand mur de béton gris, se trouvait à l'abri des regards curieux. Il se disait, peut-être, que s'il se concentrait, il parviendrait à cesser de vivre. Peut-être qu'en focalisant toute son attention, il arriverait à maîtriser ce cœur fougueux, et à le faire s'arrêter, à le faire se taire, et du même coup, à faire taire la souffrance. Ce serait sans doute doux, de ne plus exister.

Mais ils ne l'ont pas laissé mourir. Quand ils ont compris que sa santé se dégradait, ils l'ont changé de bassin, et tout à coup, il s'est retrouvé avec une nuée d'hommes autour de lui. Des soins, des piqûres et à nouveau des exercices. Son sperme valait de l'argent, il ne pouvait pas mourir. À nouveau des contraintes, et le chantage à la faim.

Quelques mois plus tard, il y avait eu la grue, le hamac, l'avion et ce nouveau parc.

Et aussi, un nouveau nom.

Adieu Oscuro. Il s'appellerait désormais Titan. Deux accidents mortels, c'était un peu beaucoup, pour un seul poisson, aussi massif soit-il. Il ne fallait pas que les spectateurs du nouveau parc puissent faire le lien avec l'orque tueuse dont les journaux et les sites internet avaient fait le portrait. Le monstre sanguinaire. La bête assoiffée de sang.

Mais il y avait peu de chance que quiconque fasse le lien entre Oscuro et Titan. Il venait d'un autre pays, loin. Et lequel des visiteurs se souciait de l'endroit d'où venaient ces animaux ? De leur histoire ? Tout ce qu'ils attendaient d'eux, c'était le grand *splash*. Le grand coup de nageoire qui arroserait leurs enfants, les ferait frissonner, puis rire.

Elfie

– Bon anniversaire Job !

– Elfie, tu es venue, c'est cool ! Purée, mais tu es superbe, je crois que c'est la première fois que je te vois en jupe !

– Ben… merci, c'est gentil ! Je ne savais pas quoi apporter, alors regarde… J'ai fait ça… Normalement, je les réussis plutôt bien.

Oh la vache… « Merci c'est gentil » mais quelle grosse nouille… Je ne sais pas si j'ai bien fait de me mettre en jupe, je me sens déjà super mal à l'aise. Ça aurait été tellement plus simple, un jean. En plus, les bottes, c'est peut-être un peu bizarre. On est début octobre, ça ne se fait peut-être pas, des bottes, alors qu'il fait encore un super temps. C'est juste que j'ai essayé toutes mes chaussures, avec la jupe, et il n'y avait rien qui collait. En plus, il fallait bien que je trouve une solution pour cacher mes gros mollets (merci la course à pied merci la musculation). Cela dit, mes mollets, Job les connaît. Et tous ces petits papillons colorés, sur la jupe, j'adore, mais ça fait peut-être un peu petite fille.

Je tends à Job l'assiette de cannelés parfaitement dorés que j'ai sortis du four quelques heures plus tôt. J'ai menti, ce n'est pas « Normalement, je les réussis très bien », c'est « Tu vas voir, ces cannelés, c'est une tuerie ». Oui, j'ai au moins hérité ça de mon père, son talent pour la pâtisserie. Et ses petites astuces pour que les cannelés soient meilleurs.

– Tu mets des jupes… et tu fais des gâteaux ! Il y a d'autres choses, que je ne sais pas ?

Il y a de la malice, dans son regard, plein de malice. Oui, d'accord, mais que faut-il en conclure ?

Lui, je crois que c'est la première fois que je le vois habillé autrement qu'en tenue de sport, et je me sens totalement intimidée, j'ai l'impression d'avoir affaire à une autre personne.

J'ai bien failli ne pas venir. Pas l'envie de me retrouver avec mes collègues. D'entendre parler boulot. Animaux.

Il a réuni une vingtaine d'invités, pour son anniversaire. Des gens du parc, des joueurs de son club de rugby, que je connais, d'autres personnes, que je n'ai jamais rencontrées.

Dès les premiers moments de la soirée, j'ai remarqué une fille. Elle m'a lancé des regards et des sourires, dès l'instant où je suis arrivée. Mais elle a attendu la fin de la soirée pour s'approcher de moi. Le moment où quelqu'un a pris l'initiative de baisser le volume de la musique, et où les conversations se font plus douces. Le moment où plus personne ne danse, et où chacun s'est trouvé un endroit confortable pour se poser. Une femme magnifique. Brune, la trentaine, élancée. Sportive, visiblement. Elle s'est affalée dans le canapé, à côté de moi. D'un mouvement du menton, elle a désigné le jeune homme, endormi la bouche ouverte, la tête contre mon épaule...

– Fais gaffe, s'il se met à baver en dormant, ça ira direct sur ta superbe jupe. Elle est magnifique, cette jupe, tu l'as achetée où ?

On a commencé à discuter de tout et de rien, comme le font deux personnes qui se rencontrent et qui se trouvent mutuellement sympathiques.

Un peu plus loin dans la conversation elle m'a demandé si j'étais la nouvelle dresseuse d'orques du Parc océanographique du Ponant, mais au léger tremblement, dans sa voix, j'ai su qu'elle connaissait déjà la réponse à cette question, qu'elle savait exactement qui j'étais, et qu'elle ne s'était pas installée à côté de moi juste parce qu'elle me trouvait sympathique.

La conversation a continué, et puis elle m'a proposé que l'on sorte un peu, dans le jardin. Il faisait chaud, non ? Et elle avait envie de fumer une cigarette. Ce n'était pas vraiment avec elle que j'avais envie de m'isoler, mais je l'ai suivie au-dehors comme elle le souhaitait, curieuse de savoir qui elle était et ce qu'elle avait à me raconter.

Elfie

Elle s'appelle Ema. Si elle était venue à cette soirée d'anniversaire, c'était pour Job, bien sûr, Job qu'elle adorait comme un petit frère…tout le monde au parc, comme ailleurs, adore Job ! Mais elle était aussi venue pour moi. Pour me rencontrer. Pour me parler.

Elle avait été dresseuse pour le POP. Longtemps. Elle était venue jusqu'à moi pour me mettre en garde, pour m'avertir du danger. Elle était venue pour partager avec moi ce qu'elle savait. Après, j'étais libre de faire ce que je voudrais des informations qu'elle m'aurait transmises. Cette démarche, elle l'avait eue avec tous les nouveaux dresseurs, depuis son départ du parc.

C'est ce qu'elle m'a expliqué d'une voix douce, lorsqu'on s'est retrouvées toutes les deux au-dehors, dans le calme du jardin, appuyées à la rambarde, avec cette vue stupéfiante, devant nous, la ville à nos pieds, l'océan, tout près, et les lumières du parc, aussi.

– Tu ne les connais pas depuis longtemps ces orques. Tu ne sais rien d'elles.

Sa remarque me vexe. Elle est qui, elle, pour se permettre de me parler sur ce ton ?

– Ben, je suis avec elles tous les jours ou presque, depuis… depuis presque un an. Je pense que je les connais plutôt bien oui. Je les connais par cœur, même.

– Je suis prête à parier que tu n'as même pas pris la peine d'aller chercher, sur Internet, ce qu'on peut dire d'elles. Peut-être penses-tu qu'elles se ressemblent toutes, qu'elles sont toutes les mêmes. Blanc et noir. Mais pas du tout. Il y a la morphologie, d'abord. Puis la forme de l'aileron, les cicatrices qu'elles portent. Enfin, chaque animal possède à l'arrière de l'aileron une marque qui lui est strictement propre, une tache unique.

– D'accord je ne savais pas ça, en effet… où veux-tu en venir ?

– Le mâle. Le mâle dont tu t'occupes, le tout noir avec qui tu passes toutes tes journées, il ne s'appelle pas Titan depuis longtemps. Son nom, c'est Oscuro. Et si on l'a débaptisé, c'est parce qu'il a tué. Plusieurs fois. C'est un tueur. Viens, je vais te montrer. Il faut que tu saches.

Je l'ai écoutée. Je l'ai écoutée avec attention.

Quand elle a eu fini, elle m'a prise par la main. Elle avait quelque chose à me montrer. Il y avait quelque chose à voir.

Elle m'a ramenée à l'intérieur, jusqu'à Job.

– Job, il y a un ordinateur, quelque part, qu'on peut utiliser ?

– Bien sûr, regarde, tu as la tablette, là sur la commode !

– T'as pas un fixe plutôt ? Ou du moins un endroit tranquille, pour regarder la tablette ?

– Il y a le bureau de mon père, prends le couloir, là, c'est la deuxième porte sur la gauche… juste, essaie de ne rien déplacer, il a horreur que l'on touche à ses affaires.

– OK laisse tomber Job, ce n'est pas grave. Elfie, tu regarderas ça toi-même. Demain, au calme. Ici, ce n'est pas une bonne idée. Ce n'est pas le moment. Tu tapes "Oscuro", et tu regardes. Tu me promets que tu le feras ?

Cette conversation, accoudées à la rambarde, dans la douceur de la nuit, ça avait donné ça…

« Je travaillais au Danemark, dans l'un des neuf parcs du groupe. Je suis rentrée en France il y a deux ans. À cause de mon petit garçon. Magnus. Il a neuf ans maintenant, il n'a plus rien d'un petit garçon ! Je voulais qu'il entre au CP en France. Il est né là-bas, au Danemark, c'est son père qui est danois. Jesper était venu en France dans le cadre de Comenius, tu sais ce programme d'échanges européens. J'étais serveuse au « Bar de l'université », pile-poil en face de la fac de sciences. C'est comme ça que ça s'est passé. On est tombés amoureux, et à la fin de l'année, je l'ai suivi là-bas, dans son pays glacial et tout plat.

» C'était facile de tout quitter, je n'avais pas de formation, pas de carrière devant moi ici : les petits boulots, depuis quelques années. On s'est installés au bord de la mer. C'est un ami de Jesper qui m'a fait entrer au parc, là-bas, au Danemark. D'abord pour y faire de l'entretien, j'ai commencé par nettoyer les rebords du bassin des dauphins. Et puis un peu comme toi, parce qu'il manquait quelqu'un, je suis passée au dressage. Les dauphins, puis les orques. J'ai tout de suite adoré ça, et il s'est révélé que j'étais vraiment douée, il n'y a pas de doute. Moi qui n'avais pas le moindre avenir professionnel quelques mois plus tôt, moi qui ne pouvais me projeter que dans une succession sans fin de petits boulots, je me retrouvais avec un vrai métier et mieux que ça, des compétences, un savoir-faire.

» Même si Jesper et moi on communique en anglais, ou en danois, je parle en français à Magnus, toujours, depuis sa naissance, mais je trouvais qu'il ne maîtrisait pas bien la langue. Il mangeait des mots, il prononçait tout avec l'accent. J'ai eu peur qu'il ne devienne définitivement danois. C'est pour ça que j'ai voulu rentrer. Et aussi pour mes parents, qui vieillissent, je voulais qu'ils puissent profiter de lui. Je ne sais pas, la France me manquait. Les couchers de soleil sur l'Atlantique. De plus en plus terriblement.

» J'ai attendu qu'une place de dresseuse se libère ici, et j'ai demandé ma mutation. C'était parfait ici, l'océan, une ville moyenne, mes parents à moins de trente kilomètres.

» On pensait que pour Jesper, ce serait facile de retrouver du travail. Il est informaticien, un bon en plus, d'après ce que disent ses chefs. Des informaticiens, tout le monde en a besoin ! Et pourtant on a longtemps galéré. Un seul salaire, avec un enfant, c'est vraiment compliqué.

» À mon arrivée au POP, on m'a confié Gattaca. Une jeune femelle. Adorable, douce, je me suis régalée, tout était facile, avec elle. Elle s'éclatait dans le travail, et moi aussi. Enfin si on peut dire. C'est plus facile d'imaginer qu'ils s'éclatent, avec nous, mais est-ce que tu penses vraiment que c'est le cas ? Bref. À la fin de ma première saison ici, ils l'ont vendue. Ou échangée, peut-être, je ne sais pas. Toujours est-il qu'il est arrivé, lui. Titan. C'était il y a dix ans.

» Je ne saurais pas dire pourquoi, mais il m'a tout de suite mise mal à l'aise. Je ne me sentais pas en confiance, en sécurité. Des articles sur les accidents dans les parcs, les histoires de dresseurs attaqués, blessés, j'en ai lu un paquet. Je ne me suis pas engagée à l'aveuglette, comme je parie que toi, tu l'as fait. Non, j'ai beaucoup lu, et pourtant, je n'ai jamais eu peur, avec les animaux qu'on m'a confiés. C'est peut-être prétentieux, mais je pense que je sens les choses. Les intentions. Et lui, d'entrée, je ne l'ai pas senti du tout.

» Il venait d'un parc, au Mexique, c'est tout ce que j'ai réussi à apprendre par le POP. Contrairement aux habitudes, il avait été acheté à un parc qui n'appartenait pas au groupe. De son histoire, je n'ai rien réussi à savoir par eux, alors qu'on nous donne le *curriculum vitae* de tous les animaux. Enfin, vrais ou bricolés, qu'est-ce qu'on en sait après tout ! Toujours est-il que pour chacun d'eux, on nous raconte une histoire. Mais il y a quelqu'un d'autre, qui m'a renseignée sur le nouvel arrivant, qui m'a donné son vrai nom. Un vieil homme, qui a fait son apparition dans le parc presque en même temps que Titan. Robbie. Un Américain. Il bossait à l'entretien. Et puis son contrat s'est terminé. Il avait l'âge, pour la retraite, je pense, parce qu'il a continué à venir. Il était là, dans les gradins, à chaque spectacle, ou presque. Peut-être qu'il vient encore, d'ailleurs, peut-être que tu l'as croisé sans le savoir. Il doit être sacrément vieux, maintenant. Un soir, il m'attendait, à la sortie du parc. Il avait des choses à me dire.

» Dès le premier instant, je me suis méfiée de Titan, et aucun doute qu'avec toutes les capacités de communication qui sont les siennes, il l'a senti. Ils ont comme un scanner, tu le sais ? Ils savent, tout de suite, l'état d'esprit de chacun. Ils ont accès à des données qui nous sont étrangères : ils ont un accès direct à nos sentiments.

» Avec ce que m'avait raconté Robbie, je me suis tenue encore plus sur mes gardes. Ainsi je pensais avoir une avance sur Titan : je savais qui il était, je savais ce qu'il était capable de faire. Sans doute y avait-il beaucoup d'orgueil à rester dans le bassin sachant tout ce que je savais. J'étais tout à fait consciente de cet orgueil, puisque je me suis bien gardée de répéter à Jesper ce que Robbie m'avait permis de découvrir. Tu sais, ça me fait penser à ces hommes qui font défiler les filles dans leur lit, sans jamais s'attacher à aucune, et à chacune de ces filles, qui pense qu'elle sera celle qui sera différente, celle qui fera stopper la longue valse. Eh bien voilà, quelque part au fond de moi, je pense que je voulais être celle-là. Celle qui réconcilierait Titan avec les hommes. Parce que c'est ce que Robbie avait commencé par me dire : "Tu sais, il nous déteste. Tous. Et il a bien raison."

» Mais finalement les choses se sont plutôt bien passées. Titan m'a étonnée. Il s'est montré appliqué, docile. Intelligentes, elles le sont toutes, mais lui l'était particulièrement. Il captait tout très vite, il voyait instantanément où je voulais en venir, ce que j'attendais de lui. Je ne peux pas dire qu'on était amis, ni même complices, mais je pensais qu'on était devenus partenaires. De bons partenaires. Je le respectais, et du coup, j'imaginais qu'il me respectait aussi. Anthropomorphisme : fait d'attribuer à des dieux, des animaux, voire des objets, des caractéristiques du comportement ou de la morphologie humaine..

» Alors j'ai relâché mon attention. Je me suis laissée aller à la confiance. C'est ce à quoi on tend tous, dans la vie, non ? Pouvoir se laisser aller. Ne plus avoir peur.

» Il m'a vite ramenée à la réalité.

» Il a commencé par me donner un premier avertissement.

» C'était au milieu du spectacle. J'ai traversé le bassin debout sur son rostre. Puis on a plongé, tous les deux. Il est venu s'échouer sur le dos sur la grève artificielle, comme le prévoit la chorégraphie. J'ai levé les bras, réalisé un tour sur moi-même, lui a fait la même chose, à mes pieds, mais sa queue est venue me heurter. Il m'a envoyée balader comme une petite brindille, je n'ai rien compris à ce qui m'arrivait, je me suis retrouvée deux mètres plus bas, sur la petite coursive. J'aurais pu me casser les vertèbres.

» Titan savait ce qu'il faisait. Il connaît au millimètre la place que son corps prend dans l'espace. Il sait exactement où chacun se trouve, tout le temps. Il savait que sa queue me heurterait de plein fouet. Ce coup de queue, il l'a donné sciemment, pour me faire mal.

» Il y a eu un deuxième avertissement. Quelques mois plus tard. C'était moins spectaculaire, c'est même passé totalement inaperçu, aux yeux du public. Même mes partenaires n'ont rien remarqué. On traversait le bassin, tous les deux. Il a attrapé mon pied, sous l'eau, juste au moment où je devais sortir la tête. Il m'a retenue, une ou deux secondes, pas plus. J'aurais pu penser qu'il s'agissait d'un jeu, rien d'autre. Mais je me suis retournée. J'ai vu son regard. Ses yeux comme deux trous noirs. Je n'ai jamais eu aussi peur de ma vie.

» Cette fois j'avais compris. Qu'il n'y aurait pas de troisième avertissement. Que la prochaine fois serait la bonne. Dans un premier temps j'ai demandé à ce qu'on me change de poste. J'ai prétexté un problème d'asthme, j'ai fourni un certificat médical. D'ailleurs, je n'ai pas eu beaucoup de mal à l'obtenir, il y a beaucoup de gens, dans cette ville, qui détestent le parc. Mais Jesper a trouvé un travail, très bien payé. On a décidé que je m'occuperais de Magnus. De la maison. J'ai quitté le parc.

– Qu'est-ce que t'a raconté cet Américain ?

– Tu l'entendras toi-même, de sa bouche, c'est mieux. J'ai déjà beaucoup parlé. Je suis crevée. Il est tard, Jesper doit se demander ce que je fiche. Attends…

Elle a fouillé dans son petit sac à main noir, en a sorti un stylo. Elle a déchiré un morceau de la couverture cartonnée de son chéquier. Elle a griffonné quelque chose, puis m'a tendu le papier.

– Le numéro de téléphone de Robbie. Je lui ai parlé de toi ; il sait qui tu es.

J'ai glissé le petit morceau de papier dans la tige de l'une de mes bottes. Lorsque l'on est retournées à l'intérieur, j'avais l'impression de ne plus être la même. Job s'est approché de nous. Ema m'a glissé doucement à l'oreille : « Job ne sait rien, pour Titan ». Je n'ai pas eu le temps de lui demander pourquoi elle me donnait cette dernière information.

– Ben où étiez-vous passées, toutes les deux ? a demandé Job.

Oui, où était passée l'Elfie de tout à l'heure, tellement légère, uniquement préoccupée par la façon dont elle ferait comprendre à cet homme, là, qu'elle avait très envie qu'il la prenne dans ses bras ?

– Ema, c'est qui, pour toi… une ex, ou quelque chose comme ça ?

Job se met à rire.

– T'es dingue ou quoi, elle a au moins trente ans ! Et moi j'ai ton âge ! Enfin à cinq ans près…

– Et alors, ça empêche quoi ? Donc c'est juste une amie ? Elle ne travaillait plus au parc, quand tu y es entré, alors je me demandais…

– C'est son mari que j'ai rencontré. Tu vois, le grand mec, là-bas, adossé à la porte ? C'est lui, c'est Jesper. Il joue dans mon club. Et après j'ai rencontré Ema. Et Magnus, aussi, leur fils. Eh mais Elfie, tu es sûre que ça va ? Tu es toute pâle !

Qu'il me prenne dans ses bras, j'en ai plus besoin que jamais. Qu'il me berce, qu'il me caresse les cheveux. Que je m'endorme, là, dans la chaleur de son cou. Mais Job avait déjà tourné les talons, parti discuter avec d'autres invités.

Ema a salué les gens, à droite et à gauche, puis elle est partie, me laissant seule avec ces images comme des mouches noires, dans mon cerveau. J'ai eu envie de rentrer, moi aussi. J'ai eu envie de silence. Je me sentais brusquement totalement épuisée.

Elle était sans doute déjà loin quand je me suis rendu compte que je ne lui avais pas posé une question essentielle : pourquoi s'était-elle tue ? Comment ça se faisait, qu'elle ne soit pas allée directement voir la direction, en râlant, en disant « Je sais, vous vous êtes bien foutus de moi ! » ? Mais oui, si ça se trouvait, tout ça, c'était du bidon, le fruit de son imagination, et le vieux Robbie, une connerie. C'est sûr j'avais du mal à voir l'intérêt qu'elle pouvait trouver à me ficher la trouille comme ça, mais quand même, cette histoire était invraisemblable. Des absurdités.

– Elfie, ne me dis pas que tu allais partir comme ça, sans dire au revoir ?

J'avais récupéré discrètement sac et manteau dans la pièce où je les avais déposés, traversé le salon sans que personne ne semble remarquer que je m'apprêtais au départ, mais Job m'avait suivie.

La douceur et la déception, dans sa voix, c'est le coup d'émotion de trop. Je me mets à pleurer, silencieusement. Je reste comme ça, sans bouger, la main sur la poignée de la porte, à chialer comme une débile, à laisser s'échapper de grosses larmes, qui dévalent les joues, mon cou, pour finir épongées par la laine fine de mon petit pull noir.

– Je suis fatiguée, je dis. Je suis épuisée, en fait.

Et à cet instant, je prends conscience de la profondeur de cette fatigue. Et de tout ce que j'ai fait taire en moi, depuis des mois.

Job n'a pas du tout l'air désemparé par cette crise de larmes. On dirait que c'est son quotidien, de voir des gens se mettre subitement à pleurer. Il fait glisser la bandoulière de mon sac à main, jusqu'à ce que celui-ci tombe. Il pose le sac sur une chaise. Il prend ma main, celle qui est posée sur la poignée.

– Tu ne vas pas partir comme ça, on va parler un petit peu, avant.

Job m'a emmenée dans le fameux bureau de son père. Il a dégagé le canapé de tout ce qui s'y trouvait, a allumé une petite lampe, et éteint le gros plafonnier dont la lumière blessait les yeux. Il m'a invitée à m'asseoir. Il a déniché dans le fatras qui couvrait le bureau une boîte jaunie de mouchoirs en papier qu'il m'a tendue.

Même s'il n'a posé aucune question, il attendait sans doute que je lui raconte, que je me délivre de ce qui me faisait pleurer mais je n'en avais aucune envie. J'avais juste l'envie qu'il me prenne dans ses bras. Alors quand il s'est installé à côté de moi, j'ai posé la tête sur son épaule. Et puis j'en ai profité. Ce moment en tête-à-tête avec lui, cela faisait des semaines que j'en rêvais.

J'ai mal interprété les signes, c'est tout moi ça, j'ai tout compris de travers. Sa déception lorsqu'il a vu que je partais… Le fait qu'il me propose de nous isoler dans le bureau… Je pensais qu'il désirait la même chose que moi, mais quand j'ai cherché sa bouche, avec la mienne, il a eu un petit rire gêné et s'est levé d'un bond.

Visiblement, je l'ai complètement pris au dépourvu.

Il dit : « Elfie, je crois que tu as abusé de la sangria », et il me repousse gentiment.

Celle-là, je ne m'y attendais pas.

Je crois que tout est dit, mais il cherche quelque chose à ajouter, visiblement, il se sent obligé de se justifier.

Merci mais oui, je comprends ! Ça doit turbiner grave là dans ton cerveau, tu es là à chercher vite fait une explication plausible pour ne pas dire « Désolé mais toi et moi ça va pas le faire, tu ne me plais mais alors, pas du tout ! »

Mais qu'est-ce que je suis nulle ! Comment j'ai pu me planter à ce point ! Je me sens tellement ridicule que je n'ai plus qu'une envie, quitter cet endroit le plus vite possible, retrouver la sécurité de mon appartement, et dormir.

Je vois bien que lui non plus ne sait plus où se mettre. Quel naufrage, cette soirée…

– Je vais rentrer. Merci, c'était une chouette fête.

– Je vais te raccompagner. Je ne veux pas que tu prennes ta voiture dans cet état.

Je souris.

– Je n'ai pas bu une goutte d'alcool. Alors ça va aller très bien, ne t'inquiète pas.

– Ah. Ton baiser… j'ai juste cru que c'était à cause de l'alcool. Je ne t'ai jamais sentie très… intéressée, alors… bon. Du coup, je… Je me sens vraiment nul, là ! Ça te dirait, une balade à vélo, tous les deux, demain ?

En descendant la petite ruelle tranquille qui me mène jusqu'à la voiture, je me dis que je devrais me sentir légère. La jupe, les bottes, les petits gâteaux, c'était pour ça, non, pour séduire Job ? Que notre relation change, enfin, qu'on dépasse le stade amical ? Et pourtant, je me sens plus angoissée que jamais.

Il fait nuit. L'océan est noir comme du pétrole mais au-dessus, les étoiles brillent si fort que lorsque je me redresse, je vois aussi loin que je pourrais y voir en plein jour. Dans le ciel, il n'y a rien d'autre que les étoiles.

Je me laisse flotter, porté par l'air emprisonné dans mes deux gros poumons, et je ferme les yeux. Et là je sens le mouvement de la Terre, je sens le mouvement des planètes, chaque atome de moi comprend le dialogue millénaire entre l'eau et la Lune. Je sens le courant qui me prend et qui me caresse. Je sens les vibrations de chacun des êtres vivants, sous moi. Je sens combien je fais partie d'un tout harmonieux et sensible.

Je suis un morceau du monde. Un morceau du monde, vivant, et libre. Vivant et libre, mais plus jamais heureux.

Elfie

J'aurais pu le faire directement, en rentrant, hier soir de cette soirée d'anniversaire. Allumer l'ordinateur, ouvrir Google. Taper « Oscuro » dans le petit rectangle et cliquer sur « J'ai de la chance ». Mais quand je suis arrivée chez moi, je me sentais dans un état d'épuisement total. J'ai ôté mes bottes, ma jupe, mon collant. Je me suis rapidement brossé les dents, et j'ai plongé sous ma couette. Je me suis endormie aussitôt.

C'est la sonnerie de mon portable qui m'a réveillée. J'avais l'impression qu'il était quatre heures du matin, ou quelque chose du genre, mais le soleil était levé depuis longtemps, neuf heures quinze marquait l'écran de mon téléphone. Je me sentais la tête comme une citrouille, et quand j'ai vu mon visage, dans le miroir des toilettes, j'ai pris peur... Des cernes... Des yeux rouges et gonflés...

Au téléphone, c'était Job.

– C'est quoi cette voix ? Ne me dis pas que tu es encore au lit, à cette heure !

– À cette heure ? Mais c'est l'aurore, là !

– Allez la marmotte, bouge tes fesses ! Il fait un temps incroyable, c'est criminel de ne pas profiter de ce soleil, on va longer la plage, et revenir par le chemin de halage, le long du canal, douze ou quinze kilomètres, au maximum, ça te dit ?

– Job, je n'ai pas pensé à te le dire, hier, mais je n'ai pas de vélo…

– Alors on raccourcit le trajet et ce sera en courant. Sors tes baskets, je suis là dans trente minutes…

Je ne sais pas à quoi cela tient, mais ce sont toujours des garçons, qui m'appellent pour me proposer d'aller courir. Ou d'aller nager. Ou d'aller voir un film, ou boire un verre. J'ai peu d'amies filles. En fait, je n'ai pas d'amies filles. Je n'ai jamais eu d'amies filles d'ailleurs, d'aussi loin que je me souvienne.

Oui, courir sous ce magnifique soleil, ça semble une super idée. Quand il s'agit de courir, je suis toujours partante. Et puis ça me nettoierait la tête de cette soirée d'hier. De ce fiasco. De toutes ces horreurs invraisemblables sorties de la bouche d'Ema. Mais ce matin, il me faut me faire violence, pour dire oui à Job.

– OK. Rendez-vous dans une petite heure, plutôt, si tu permets. Le temps de déjeuner et de prendre une douche.

J'ai répondu vite vite, avant que la partie toute molle de mon corps n'ait le temps de s'exprimer, de remporter la négociation avec la partie active de moi et de refuser l'invitation.

– OK, et pas de SMS de dernière minute pour annuler sous un prétexte quelconque hein, sinon je te jure que je débarque chez toi !

J'adore ma cuisine ; elle est minuscule, mais la lumière y entre à flots, une inondation de lumière. Il y fait toujours très chaud, même quand le vent d'ouest souffle à faire se tordre les arbres et s'infiltre par tous les interstices. Et puis il y a du bois partout, et du rouge, et je n'ai acheté que de la jolie vaisselle : du dépareillé, chaque pièce choisie à l'unité, sur un coup de cœur. Plus tard, quand j'aurai disons… plus de sous… ça arrivera bien un jour non ?… Je voyagerai, je ferai tous les voyages dont je rêve, l'Australie, l'Argentine, la Birmanie, et de chaque voyage, je rapporterai des assiettes, des bols, des verres.

Elle me fait du bien, ce matin, cette cuisine. Comme l'eau de la piscine, c'est un pansement pour l'âme, cette lumière, ces couleurs.

Une fois mes tartines avalées, un bol de café bien chaud dans une main, j'ai allumé de l'autre ma tablette. J'ai commencé par regarder mes mails, mais à part des spams en tout genre, de la pub, il n'y avait rien d'intéressant. Un petit tour sur Facebook, là il y a toujours une photo ou une vidéo pour me faire sourire, moi je ne mets jamais rien, je suis juste l'actualité des autres.

Et après ça, quand j'ai eu bien terminé de tourner autour du pot, j'ai fini par y aller. J'ai ouvert un nouvel onglet de Google, et j'ai tapé « Oscuro ».

Aussitôt, avant même que la longue liste des sites se rapportant au mot-clé ne s'affiche, j'ai eu froid dans le dos. Parce que, ce que l'écriture intuitive me proposait comme mots-clés, c'était : « Oscuro l'orque tueuse ».

Titan l'orque tueuse.

Je n'ai ouvert aucun des liens. J'ai éteint la tablette, rincé mon bol. Une douche. Enfiler short, tee-shirt et baskets, rejoindre Job. Courir.

– On se fait quelques étirements ?

– Des étirements… ah oui, mais non. On est partis depuis longtemps, là, je vais être à la bourre !

On a allongé sacrément le parcours prévu au départ. La vérité c'est que Job est épuisé. Malgré tous les efforts qu'il fournit pour laisser penser qu'il aurait bien continué, qu'il n'a pas son compte, je sais bien qu'il est cuit. À la bourre de rien du tout, oui. À mon avis, il va passer le reste de la journée à comater dans son canapé, et demain, quand il s'agira de reprendre le travail, la course d'aujourd'hui viendra se rappeler à lui, dans chacun des muscles qu'il sollicitera.

– C'est quoi ce sourire en coin là ?

– Sourire en coin ? Ben rien, je m'étire la bouche juste !

J'aime bien être plus forte qu'eux. J'aime bien qu'ils pensent partir pour un petit footing tranquille, au rythme de la fille que je suis, et qu'ils ne puissent pas suivre. J'aime bien les voir déployer toutes sortes de stratégies pour abréger leurs souffrances, sans jamais se résoudre à avouer qu'ils rendent les armes. Qu'ils ne peuvent pas me suivre, à ce rythme. Que je suis la plus forte.

J'étais déjà la plus forte, à la fin du collège, au lycée. Mais depuis que je suis entrée au parc, je suis encore plus la plus forte. Il faut une forme physique impeccable, pour faire ce que je fais tous les jours. On n'a pas le droit d'être fatigué. On doit être au top, tout le temps.

Sur le pas de la porte, je lui ai proposé de rester, pour le déjeuner. J'aurais bien trouvé un truc à lui préparer. Mais il a refusé. Il avait rendez-vous avec son père. Il était sacrément à la bourre. J'ai vu le regret, dans son regard.

Lorsqu'il s'est penché pour me faire un bisou, ses lèvres ont glissé jusqu'aux miennes. Un baiser court, et tout doux.

Après la douche, je me suis enveloppée dans un peignoir épais. Je me suis installée dans le canapé. J'ai allumé la télé, j'ai choisi une série policière, pour servir de fond sonore. J'ai repris ma tablette. Et cette fois, j'ai ouvert les liens qui m'étaient proposés.

Le premier renvoyait sur YouTube. Une vidéo. Et là, je me suis pris dans la figure un film d'une violence terrifiante. On y voit la mort en direct d'une dresseuse, pendant un spectacle. Agressée par son orque. Une fille comme moi, une fille vivante, souriante, dans sa combinaison de Néoprène, qui se fait saisir, malmener, noyer. Une fille comme une marionnette molle dans la gueule de l'animal. Et l'épaulard qui semble lâcher prise, par moments, mais qui reprend sa proie, toujours. Qui la fait voyager du fond du bassin à la surface, encore et encore.

Je n'ai pas regardé jusqu'au bout, les images étaient insoutenables. Mais j'ai visité les pages vers lesquelles pointaient les autres liens, j'ai lu les articles, et je sais comment la fille a terminé. Son corps disloqué. Ses os en morceaux. Morte.

Tous les liens renvoyaient à la même chose : la violence incroyable de cet animal. Les incidents, les accidents. La mort, par deux fois. De gens qui l'ont approché.

Ema n'avait pas exagéré. Cette orque avait bien tué, les images étaient là, elles faisaient foi. Et elle n'avait pas non plus menti sur l'identité de cette orque. J'ai reconnu la couleur, unique. Le noir brillant de sa peau. Sans la moindre tache blanche. Cet épaulard splendide, massif et cruel, c'était bien le mien. Celui avec qui je passais des heures dans l'eau, chaque jour, celui que j'embrassais sur le rostre et dans la gueule duquel je posais ma tête, en toute confiance, ou en toute inconscience, au milieu du spectacle. Cette orque, c'était Titan.

Je n'ai pas dormi. Je voyais les images, et je me sentais essoufflée, je ressentais l'emprisonnement, la mâchoire sur mes chevilles, le corps de l'épaulard, qui s'aplatissait sur le mien. Je sentais l'eau, autour, comme une tempête. J'entendais les cris des spectateurs, je sentais la panique des autres dresseurs.

Je ne peux pas y retourner comme ça. Je pourrais être elle, je pourrais être cette fille, sur la vidéo. Cette mort atroce… elle a dû être terrifiée, et puis elle a dû souffrir, terriblement. Tous les jours, depuis des mois, je suis dans l'eau avec Titan, avec ce géant de cinq tonnes, sans rien connaître de son histoire !

Il faut que je sache, tout, il faut que je comprenne. Il est où, ce numéro, qu'est-ce que j'en ai fichu ? Je retourne mon sac à main, à la recherche du petit morceau de papier sur lequel Ema a griffonné le numéro de l'Américain, la veille, avant de me souvenir de l'endroit où je l'avais glissé. Mes bottes, j'espère qu'il est encore dedans.

Elfie

« Tu es venue jusqu'à moi, parce que tu sais que je peux te raconter. Mais ce que tu ne sais pas, c'est ce que j'ai à te raconter. J'étais là. Et ce que j'ai fait ce jour-là, c'était tout simplement la chose la plus abominable de ma vie. J'y pense encore. J'y pense tous les jours. »

On n'a même pas commencé à parler, et je vois bien qu'il est au bord des larmes. Pourtant, les rides profondes, la peau tannée, les cheveux blancs… il n'est pas de toute première jeunesse, il est même carrément vieux, il a dû en voir, dans sa vie ! Je m'attendais à reconnaître sa silhouette, ou son visage, peut-être. Ema avait dit qu'il devait toujours être là, quelque part dans les gradins, ou dans les allées du parc. Mais je n'ai jamais remarqué l'homme qui se tient devant moi.

Quand j'ai frappé à la porte de Robbie, j'étais totalement essoufflée, malgré ma forme physique impeccable. Il habite tout en haut, mais vraiment tout en haut de la colline qui surplombe la ville. Autrefois, c'étaient les maisons des pêcheurs, qui couvraient cette colline. Plus on était riche, et plus on habitait en bas. Avec le temps les choses se sont inversées : plus la maison est en hauteur, et plus elle a de la valeur. Mais les enfants des pêcheurs n'ont pas tous dilapidé les biens hérités, ce qui fait que la population est socialement très variée : on trouve aussi bien de gros palaces prétentieux perdus dans une luxuriante verdure que de maisonnettes en bois sans prétention.

La maison de Robbie est tout à fait spéciale : plantée au milieu d'une pelouse, elle ne comprend que deux pièces. La première est une chambre, dans laquelle on pénètre directement, par la porte d'entrée. Je l'ai suivi ensuite dans la pièce principale, constituée d'un coin canapé et d'un coin cuisine, le tout très lumineux, grâce à l'immense baie vitrée, qui donne sur la ville et plus loin bien sûr, sur l'océan, une vue à vous couper le souffle, pour les visiteurs qui en auraient encore après la montée si raide.

Ce qui frappe, quand on pénètre chez cet homme, c'est l'ordre impeccable qui règne. On devine qu'ici c'est chaque chose à sa place, et une place pour chaque chose. Je lui avais dans un premier temps proposé de venir chez moi, il a décliné l'invitation, préférant me recevoir chez lui – il avait des photos, à me montrer. Et là, maintenant, je suis contente qu'il ait refusé, il aurait sans doute été choqué par le gentil bazar qui règne dans mon appartement.

– Tu veux boire quelque chose ? J'ai préparé un café, mais peut-être que tu préfères un jus de fruit, une bière ?

– Le café, ce sera parfait !

On s'est installés à la table de la cuisine. Il a sorti une boîte de sucre, tasse, cuillère, il a mis en place le tout en parlant de la pluie et du beau temps… les travaux, rue Gambetta, qui obligent à faire un détour pas possible lorsque l'on souhaite se rendre au centre-ville… l'émission de la veille, sur la deux… tous ces réfugiés qui fuient leur pays en guerre… Je sentais la fébrilité qui l'habitait.

La veille, je m'étais demandé comme je m'y prendrais, quelles questions j'allais poser. La situation était quand même assez particulière, je ne savais pas ce que ce vieillard avait à me raconter, je ne savais pas quel était son rapport avec Titan. Ema avait dit : « Il faut absolument que tu rencontres cet homme ».

Mais je m'étais inquiétée pour rien. Je n'ai pas eu à poser de questions. Je ne sais pas ce qu'Ema avait pu raconter à Robbie à mon sujet, puisque visiblement, il savait exactement qui j'étais, mais c'est lui qui a pris les devants. Il a raconté sans que j'aie rien à demander.

Robbie a sorti un vieil album photos dont il tourne les pages lentement. Sur les plus anciennes des photographies, on voit un enfant brun à la peau dorée, souriant, mince à la limite de la maigreur, sur un bateau.

Dix photos, vingt photos, sur le même bateau, avec ce qui semble être une famille, la mère, le père, la petite sœur, une famille brune et heureuse.

« Le bateau, c'est ma vie, depuis toujours. Quand j'ai eu vingt ans, j'ai commencé à convoyer des voiliers, d'une côte à l'autre. C'était le métier de mon père, j'avais fait ça mille fois, avec lui, avant de commencer à travailler seul. À vingt ans je connaissais tout ce qu'il y avait à savoir des vents et des courants.

» Cette année-là, au printemps, j'avais quitté le port de La Rochelle à bord d'un superbe voilier que je devais convoyer jusqu'à son propriétaire, en Islande. L'Islande. J'avais parcouru tous les océans du monde, mais jamais mis les pieds aussi haut, sur le planisphère. Dans un pays aussi froid. J'étais excité et heureux.

» Le voyage s'est passé sans aucune mauvaise surprise, une vraie promenade de santé. Le client s'était montré émerveillé par le jouet que je lui avais apporté, et avait ajouté un solide pourboire à l'argent qu'il m'avait promis pour le convoyage.

» Je devais rester sur place une petite semaine, avant d'embarquer sur un bateau de marchandises qui me ramènerait en France. Mon univers, c'était la mer, j'ai toujours évité de prendre l'avion. Le propriétaire du bateau m'avait déniché une chambre coquette chez l'habitant en plein centre-ville, un couple de retraités ravis d'accueillir un invité dans leur maison.

» Les Américains ont débarqué à Reykjavík le même jour que moi, mais eux sont arrivés par les airs. Le premier soir, on s'est retrouvés au bar du port. J'ai toujours adoré ces endroits, on y rencontre toutes sortes de gens plus ou moins esquintés par la vie, avec souvent des histoires incroyables à raconter. Quatre hommes, la quarantaine, les visages burinés de ceux qui ont bourlingué, de ceux à qui on ne la fait pas. Apparemment, dans cet endroit, tout le monde les connaissait : ils se comportaient comme s'ils étaient chez eux, naviguant d'un groupe à l'autre, serrant des mains, embrassant des joues, parlant même aux pêcheurs dans leur langue.

» Ils avaient de l'argent, pas mal. Les montres qu'ils portaient au poignet, les lourdes vestes en cuir, les chevalières aux doigts, les poignées de billets qu'ils montraient ostensiblement lors des encaissements. Quelque chose de nouveau riche, dans leur allure.

» Ils étaient à la recherche de bateaux, et à la recherche de marins. Les Islandais savaient sans doute pourquoi les Américains étaient là, moi je n'en avais pas la moindre idée. On ne peut pas dire que j'avais réellement des projets, j'avais déjà fait le tour de cette petite ville, et devant moi une semaine à tuer, autant en profiter pour me faire un peu d'argent, puisque les hommes laissaient clairement entendre qu'ils se montreraient généreux. Je me suis porté volontaire. La pêche, je n'y connaissais rien, j'imaginais sans doute qu'ils allaient chasser le thon, ou des maquereaux, j'en sais rien, mais quelque chose de visiblement rentable.

» Je n'y connaissais rien en poisson, la pêche ce n'était pas mon truc, mais j'étais sûr de pouvoir me rendre utile sur un bateau. Et les Américains n'étaient pas très regardants, ils n'avaient pas besoin de *curriculum vitae* pour embaucher les gens. J'étais américain autrefois, comme eux. Ils ont dit oui, tout de suite.

» On n'a pas signé de contrat : une tape dans le dos, une poignée de main, et ça a été réglé. On partirait dans deux jours. J'avais demandé quel genre de poisson on allait attraper, et l'Américain, le chef, celui qui parlait de sous, avait éclaté de rire.

What we will catch, guy, are the largest fishes of the world. Or more specifically, the babies of the largest fishes of the world…

“Ce que l'on va attraper, mon gars, ce sont les plus gros poissons du monde. Ou plus précisément, les bébés des plus gros poissons du monde…”

» Si Internet avait existé, à cette époque, sans doute que je serais allé jeter un œil. Et peut-être que j'aurais décliné la proposition. Je me serais trouvé une excuse. Des marins de remplacement, des marins désœuvrés, il y en avait plein le port, ça n'aurait pas eu de conséquences. Même sans Internet, même sans rien savoir ou presque de ces mammifères, ça m'a pincé le cœur, cette phrase. L'histoire des bébés. Mais ce qui était dit était dit. On s'était serré la main, je ferais ce qu'il y aurait à faire.

» Ce matin-là, il faisait un temps magnifique. Je me suis réveillé avec le cœur tracassé. Avec quelque part l'envie que ce soit vite passé. Et ce serait vite passé, l'Américain avait dit que ce serait l'affaire d'une journée, deux, si on ne repérait pas le pod (c'est comme cela qu'il appelait le groupe, le "pod") tout de suite.

» Ils disposaient d'un matériel impressionnant, une véritable armada : quatre bateaux de pêche, plusieurs hors-bord, un gros Zodiac, et en plus de tout ça, un petit avion de reconnaissance, qui nous précédait.

» L'avion n'a pas mis bien longtemps pour repérer une famille.

» Les hors-bord les ont rattrapés dans le fond du fjord où ils s'étaient réfugiés, paniqués par les bruits de moteur. Ils les ont encerclés. Des bêtes magnifiques. Je crois que je n'avais jamais rien vu d'aussi majestueux, dans la nature.

» Puis les bateaux de pêche sont arrivés à leur tour, mon travail était de piloter l'un d'entre eux. Ils ont dévidé les filets de pêche en demi-cercle. Les orques se sont retrouvées sans issue.

» Les hommes étaient surexcités. Ils hurlaient comme des animaux malfaisants. Ils allumaient les mèches, balançaient les bombes à l'eau, des bombes qui en éclatant devaient faire un boucan d'enfer, sous l'eau, pour rabattre les orques vers les filets qu'ils avaient posés dans un premier temps, puis pour créer la panique et parvenir plus facilement à séparer les adultes des petits.

» Après ça on a utilisé des sortes de lassos, au bout de grands manches en bois, pour attraper les petits. Il fallait réussir à leur enfiler la chose par la tête, puis serrer, mais pas trop, parce qu'alors on risquait d'endommager la bête. Les grands épaulards ne les intéressaient pas, ce qu'ils voulaient, c'étaient les petits, tous les petits. Ils étaient trois. Trois êtres complètement paniqués qui poussaient des hurlements. Dont un noir. Intégralement noir. Diablement beau.

» L'une des mères résistait, ils n'arrivaient pas à la séparer des petits, alors ils lui ont passé le lasso, à elle aussi. Elle continuait à se débattre, alors ils ont serré, serré, jusqu'à ce que la corde entre dans les chairs et que le poitrail se couvre de sang. Ils ont finalement réussi à la faire basculer de l'autre côté du filet. Ils ont lâché le lasso, la laissant comme ça, prisonnière, avec juste sa queue pour revenir à la surface, pour aspirer l'air. Alors que l'on remontait l'une des jeunes orques, la poulie a sauté. La bête s'est écrasée sur l'un des piquets du bastingage qui lui a crevé le ventre, puis elle a basculé dans l'eau.

» Pendant que les hommes s'activaient à essayer de remonter les deux jeunes orques restantes, les adultes de la famille se sont alignés, le long des bateaux. Ils ont commencé à communiquer entre eux, à échanger toutes sortes de sons, une variété incroyable de sons. Ils pleuraient. Tous, ensemble là, désarmés, ils pleuraient. Et moi aussi, je me suis mis à pleurer.

» Quand on a eu tout fini, il restait ces deux cadavres, dans les filets, un petit et un grand, ces animaux magnifiques, spectaculaires, morts pour rien, morts à cause de l'incompétence et de la précipitation de ces hommes vénaux, dont je faisais partie.

» Les hommes ont ouvert les ventres des bêtes encore chaudes, les ont remplis de cailloux, de morceaux de métal, de tout ce qui pouvait constituer un poids, et les ont rejetés à l'océan. Tout ça en discutant et en riant. Apparemment, ils avaient l'habitude. Je me suis demandé… mais ils font semblant ? Je veux dire, c'est possible de faire ça à un si bel animal, ces grands coups de couteau dans leurs corps puissants et encore chauds, ce dépeçage sanglant, comme à la boucherie, sans rien ressentir ? Sans la moindre émotion, la moindre culpabilité ?

» C'est la journée la plus abominable de mon existence. Après ça, je n'ai plus jamais été le même. J'ai passé ma vie entière à regretter d'avoir participé à ça, ôter des enfants à leurs mères. À avoir honte. À me sentir sale.

» On avait capturé un mâle et une femelle. Les Américains étaient contents. Le soir, au bar, ça avait été tournée générale sur tournée générale. J'avais bu comme les autres. Boire, ce soir-là, c'est ce que je pouvais faire de mieux.

» La petite femelle n'a même pas passé la nuit. Elle s'est frappé la tête contre les parois métalliques du bassin, jusqu'à en mourir. Tout ça pour ça. Cette famille détruite. Toute cette souffrance. Cette boucherie innommable. Quel gâchis…

» Le mâle, il est ici, dans cette ville. Le noir. Il a vingt ans maintenant, c'est toi qui t'en occupes. »

Pendant toute une vie, Robbie a suivi Titan. Il a définitivement abandonné le convoyage. Il a vécu de petits boulots, dans les parcs. Toute une vie rongée par la culpabilité, le remords d'avoir ôté cet animal spectaculaire à son milieu de vie, culpabilité réactivée par la douleur de voir à quoi sa vie animale se réduisait. Voir combien l'animal s'était éteint. Constater l'ampleur du désastre, du gâchis. Cet aileron dorsal, autrefois dressé vers le ciel, affaissé comme une chose molle, qui disait à lui seul toute la souffrance de la bête.

Robbie n'a pas eu d'enfant. La faute à la vie qu'il avait choisie, pas trop compatible avec le projet de fonder une famille. Il n'a jamais regretté. La vie extraordinaire qu'il a menée avant Titan, les rencontres fabuleuses qu'il a pu faire, ont compensé l'absence de femmes et enfants. La seule chose qu'il ait jamais regrettée, c'est cette poignée de main avec les Américains, cette poignée de main qui l'avait amené à cette journée nauséabonde. Honteuse. Le souvenir de ce qu'ils avaient fait, ce jour-là, a gangrené sa vie.

Quand Titan est arrivé au POP, il s'est déniché cette petite maison, près de la colline, grâce à la communauté des pêcheurs, avec qui il passait beaucoup de temps. À jouer aux cartes, à parler du passé. À l'occasion, il embarquait sur l'un des énormes bateaux ultramodernes pour quinze jours en mer. Et puis il y avait ses visites à Titan. Il se posait sur les gradins, toujours à la même place, et il regardait. C'était sa punition, pour avoir participé à ce crime monstrueux. Enlever un petit à sa mère, ôter un animal à sa nature. Le priver de tout. Le réduire à une chose.

Ema avait fini par remarquer sa présence. Il était toujours le dernier à quitter les gradins. Un soir, elle était venue lui parler. Il ne lui avait pas raconté tout de suite. Ça avait mis du temps. C'était la première fois qu'il racontait. Ils étaient devenus amis.

Peu de temps après, Ema avait quitté le parc.

À la fin, tout à la fin, j'ai dit :

– Pourquoi Ema n'a rien dit ? À la presse par exemple ?

– Elle a eu peur. Qu'on fasse encore du mal à Titan.

Elle sait tout, ou presque. La dresseuse de Titan. Parce que j'ai menti. Il y a une part de la vérité de cette histoire que personne ne connaît, ici. Une part de la vérité enterrée si profondément au fond de moi que je me demande parfois si elle a vraiment existé. On pourrait penser que l'âge avançant, les choses évoluent. Mais que je sois vieux ne change rien à l'affaire. Je ne veux pas qu'on sache ce que j'ai fait. Personne. Ceux qui savent sont morts. Ou vivent bien loin d'ici.

Elfie

Job a laissé cinq messages, deux SMS. Il ne doit pas comprendre mon silence. Mais je n'ai pas envie de lui parler, pas tout de suite. Je sais comment il réagirait. Et je ne veux pas qu'on m'empêche de retourner là-bas. On a tout le temps, de se voir. Je ne veux pas que ça aille trop vite.

Je suis terrifiée. Je suis morte de peur. Mais je vais continuer à travailler au parc. Pour lui. Pour Titan. Je veux oublier ce qu'il a fait avant. Il a changé, je le sais, je le sens. Je sens sa fatigue, je sens sa lassitude. Je ne pense qu'à ce qu'on lui a fait, à lui.

Je ne vois plus l'animal, quand je pense à lui. Je vois juste l'être vivant. L'innocence de cet être qu'on a arraché à la vie sauvage. Je ne vois que les années de souffrance et d'enfermement. L'indifférence, autour de lui. Mon indifférence. Mais comment j'ai pu être aussi aveugle ? Comment j'ai pu être aussi stupide, aussi légère ? Maman avait raison. Les autres, avec leurs pancartes, leurs manifestations du rond-point, avaient raison. Ces animaux souffrent. Ils ont mal à en crever. Tout ça pour quoi ? Pour occuper les enfants trois heures un jour où on ne sait pas quoi leur faire faire ?

Je vais trouver un moyen de réveiller Titan, je vais le ramener chez les vivants. Je veux faire de chaque minute que l'on passera ensemble un jeu. Mais pour ça, il faut que je sois forte. Il ne faut pas que je flanche, il faut qu'il sente que je suis la plus solide, qu'il peut compter sur moi. Qu'il ait déjà tué ne veut pas dire qu'il recommencera. Cela fait dix ans qu'il est ici, il n'y a jamais eu le moindre incident. Hormis les comportements qu'a décrits Ema. Mais peut-être qu'elle s'est trompée. Qu'elle a vu le mal où il n'était pas, parce qu'elle savait, qu'elle avait vu ces vidéos, et qu'elle avait peur. J'ai interrogé, à droite et à gauche. Jamais rien, Titan a toujours eu un comportement impeccable.

Il a l'air fatigué, aujourd'hui. Il vient se jeter sur le dos, à mes pieds, sur la grève artificielle où je me tiens debout, de l'eau jusqu'aux chevilles. Il a fait ça sans envie. Après, il replonge. Il fait le tour du bassin, en saluant avec sa nageoire. Plus ou moins. Ce n'est pas bien fait, il ne se donne aucun mal.

Il ne faut pas qu'il sente que j'ai peur. Que je lui montre que je ne suis pas contente, comme je le fais d'habitude. Que tout soit exactement comme d'habitude. Alors je ne lui donne qu'un poisson, pas de tape sur le rostre, il sait exactement ce que ça signifie. Ça veut dire « C'est nul, recommence ». Il m'obéit, il recommence. Et il recommence encore. Je sais que ça lui demande un effort démesuré. Il est lent, il est lourd, il est vieux. Ne pas penser aux bateaux, aux pêcheurs hilares, aux lassos sanglants, aux cris des mères.

Il faut que je passe dans l'eau, pour l'exercice suivant. Si je n'y arrive pas là, alors je ne pourrai plus jamais. Je quitterai le parc, ils mettront une autre à la place, une qui ne saura rien de la souffrance de Titan. Une qui ne lui servira à rien. Je dois rester.

Je le sens fatigué, irrité, mais je plonge dans l'eau, c'est le déroulé, il faut qu'on répète tout, comme pour le vrai spectacle. Et là je sens sa mâchoire, autour de ma main. Il me tient. Je sens ses dents, contre mes doigts. Je pense à cette fille, sur la vidéo. Je pense à cette famille, au milieu de l'océan, à tout ce sang, dans l'eau salée. Je suis fatiguée, autant que lui. Je suis prête à accepter, ce qu'il a décidé, lui qui a toujours subi.

On reste comme ça, ma main dans sa bouche, sans qu'il se passe rien. Et puis je passe sous l'eau. Je passe ma tête sous l'eau. Je cherche ses yeux et je plonge mon regard dans le sien.

Il a lâché ma main. Il ne se passera plus rien. J'ai vu dans ses yeux, qu'il n'avait plus la force, même pour la colère.

Il pleut. Il pleut sans discontinuer depuis combien... deux jours, trois jours ? Hier, ils ont essayé d'assurer tout de même le spectacle, il y avait quelques dizaines de personnes, sur les gradins. Alors les orques ont fait leurs singeries habituelles, mais en version courte. Mais aujourd'hui, rien. Même pas d'entraînement.

Cette pluie, ça ne ressemble à rien de ce que j'ai connu.

Cette nuit, une eau à l'odeur de terre s'est infiltrée dans la capsule, à cause de la pluie. Une fente, dans le béton. Les orques se sont toutes tenues très loin du trou, les femelles, Babou et Titan, toute la nuit serrés les uns contre les autres, sans que pour une fois il ne vienne l'idée aux femelles de mordre Titan. La nappe boueuse a grandi dans la capsule et à la fin de la nuit, il ne restait plus d'eau pure.

On a annoncé encore plus de pluie, pour cette nuit. Le département est en alerte rouge. Alors ce matin, les soigneurs ont fait sortir les épaulards de leur bassin. Ils les ont déplacés par les canaux d'eau qui leur permettent de faire circuler les animaux d'un bassin à l'autre. Du bout de leurs bâtons, ils ont guidé les animaux, ouvrant et fermant des écluses au fur et à mesure de leur avancée. Ils ont laissé Alaska dans le tout petit bassin, mais ils ont emmené Titan, Thalia et Babou jusqu'à l'enclos de la digue. C'est un bassin en pleine mer, qu'ils utilisent rarement, lors des grands nettoyages, par exemple. De larges barges flottantes servent de barrière entre le bassin et l'océan.

Dehors, tout est sombre, je ne distingue pas le ciel de la terre. Des orages, j'en ai connus des tas, et de très violents, mais ce qui se passe là n'a rien à voir. C'est pire. Un orage, sans éclairs et sans tonnerre, qui durerait des jours, accompagné d'un vent d'une redoutable violence.

Quelque chose menace, je le sens aux cris des animaux, ils ont peur. Les soigneurs n'ont qu'une envie : se soustraire à ce déluge glacial, partir d'ici, laisser les animaux à la pluie et à la boue et rejoindre la chaleur de leur famille.

Ils ont stocké une seule fois Titan dans ce bassin, c'était lors de son arrivée dans ce parc. Ça devait être plutôt agréable pour lui, de se retrouver dans l'eau de mer, pas dans cette cochonnerie filtrée et saturée de produits chimiques en tout genre qui brûle les yeux et la peau des animaux. Surtout, il pouvait sentir l'océan vivre, le sentir bouger, monter et descendre au rythme des marées. Il y a le quai, deux digues de béton. L'ouverture sur l'océan est fermée par une barrière arrimée à la digue flottante, alors on sent tous les mouvements de l'eau. Et puis, les poissons y entrent, bien sûr. Cela fait combien d'années, que Titan n'a pas mangé un poisson vivant ? Est-ce qu'il saurait encore en capturer un ?

Les soigneurs et les hommes d'entretien ont fini par partir. Moi, je suis resté. Avec tout ce bazar, à cause de la pluie, ça n'était pas très compliqué. De se cacher quelque part, et d'attendre.

Depuis la jetée, on peut voir un morceau de la ville, les bateaux qui rentrent au port.

Et bien sûr, l'infini de l'océan.

Autant dire, au regard de la cochonnerie de bassin dans laquelle Titan gaspille ses journées, le paradis ou presque.

Mais aujourd'hui, Titan n'en a pas profité. Il semble totalement incapable de se dresser sur sa queue, nager lui coûte visiblement déjà un effort considérable. Respirer, même, est difficile. Depuis l'aurore, je le sens comme flotter. Je le sens envahi par une léthargie bien différente de celle que procurent les médicaments dont ils les gavent souvent. Thalia et Babou sont dans le même état apathique. Je pense que ce n'est pas étranger au fait qu'ils ont baigné toute une nuit dans de bonnes quantités de fuel. C'est à cause de l'eau. Ça a fait péter une chaudière, et le carburant s'est infiltré un peu partout, dans le parc. Y compris dans le bassin où les épaulards passent la nuit.

Dans l'enclos extérieur, l'eau est aussi boueuse qu'à l'intérieur. Cependant l'odeur de fuel y est moins forte. L'eau est au maximum de sa hauteur, au ras du quai, sur lequel les vagues viennent entrer en concurrence avec l'eau qui, venue de plus haut, s'y déverse. L'eau du bassin est d'une saleté repoussante. Il flotte à la surface toutes sortes de débris : morceaux de bois de toutes origines, cadavres de petits animaux – oiseaux, rats, et même un chat –, pièces de plastique colorées, branchages, le tout mis en mouvement par la forte houle.

Je regarde Babou, collé à sa mère. J'ai peur qu'il ne se blesse. J'ai peur que l'un de ces objets, propulsé par un coup de courant, ne vienne le heurter de plein fouet et lui faire mal, car alors, qui s'apercevrait de la blessure ? Qui viendrait le soigner ? Les hommes ont disparu dès la dernière écluse fermée, ils les ont laissés là, dans cette eau souillée et menaçante, tellement pressés de se mettre à l'abri de ce qui va arriver.

C'est sûr, il va arriver quelque chose. Je ressens une profonde angoisse, mais en même temps, une profonde excitation. Parce que cette journée n'est pas comme les autres. Parce qu'il se passe quelque chose, qui est venu déranger le cours immuable de toutes ces journées insipides et que, quoi qu'il arrive, ce sera mieux que le rien.

C'est inespéré, ce déménagement vers le bassin en pleine mer. Je vais profiter de ce déluge. C'est le moment. Je vais pouvoir faire quelque chose pour Oscuro, enfin.

Elfie

On a abattu pas mal de boulot, tous, en une petite semaine. On a commencé par débarrasser les allées de tous les détritus que les eaux ont charriés. Après ça, on a nettoyé et désinfecté les différents enclos. Il fallait faire vite. L'eau, ça veut dire microbes, ça veut dire épidémie. Il reste beaucoup de choses à faire, mais les animaux sont tous en sécurité, au propre, à l'abri.

Le lendemain du déluge, j'ai eu du mal à reconnaître le POP, quand j'y suis arrivée. Tout était gris. Ou ocre plutôt. Tout était sale, et cassé. Je m'étais réveillée très tôt, mais j'avais mis un temps fou à accéder au parc, à cause des débris, un peu partout, qui rendaient la circulation difficile et obligeaient à des déviations.

L'une des premières personnes sur qui je suis tombée, c'est Angela. J'ai demandé : « Et Titan ? Ça va, Titan ? Les épaulards vont bien ? »

Elle m'a raconté. Selon Angela, Titan n'avait aucune chance. Et tous les autres pensaient pareil.

– Même s'il a réussi à rester vivant, il n'a strictement aucune probabilité de le demeurer longtemps. Cela fait près de vingt ans qu'il vit en captivité, il n'a pas la moindre idée de ce qu'il faut faire pour survivre. Si par miracle il n'est pas déjà mort de noyade, ou d'épuisement, alors il mourra tout simplement de faim, avait-elle dit.

Dès le lever du jour, après cette nuit de déluge sur le Parc océanographique du Ponant, ils avaient fait le tour des animaux, plutôt satisfaits de les trouver tous en bonne santé. Quand ils étaient arrivés au bassin extérieur, ils avaient constaté que la digue flottante était entrouverte et que Titan n'était plus là.

Au début, ils avaient pensé que le corps de Titan se trouvait au fond du bassin, retenu par les débris, coincé, prisonnier des branchages. Alors ils avaient envoyé deux plongeurs avec des bouteilles. Ils avaient minutieusement exploré la fosse, du bout des doigts, parce que l'eau était encore saturée de boue, et qu'on n'y voyait que dalle, là-dedans.

Mais au fond du bassin, il n'y avait rien. Alors ils ont bien dû admettre l'idée que Titan s'était montré assez malin pour ouvrir la barrière. J'avais bien vu que même si cette explication était la seule plausible, ils avaient du mal à lui accorder d'avoir été assez intelligent pour parvenir à s'échapper, et à sauver sa peau.

Alors ils ont dit qu'il suffisait d'attendre. Que l'océan se calme. Et qu'alors il rejetterait le corps de Titan sur la plage.

Mais sept jours ont passé, et la mer n'a rien rendu. Je ne sais pas si je dois m'en réjouir.

La caméra de surveillance du POP a tout filmé. Enfin, presque tout. La vague meurtrière. Une vague dégoûtante, le ruissellement, les détritus divers qui font bouchon dans la venelle, plus haut, qui font monter l'eau en pression, et soudain quelque chose qui cède, l'eau qui arrive sur le quai puis dans le bassin comme un coup de poing, Thalia projetée contre la digue, Titan et Babou envoyés à droite et à gauche, la tempête dans le bassin.

Ils ont tout de suite compris, en visionnant le film, pourquoi autant de sang, partout, si vite, une tache sombre qui s'étend : le choc a fracassé la mâchoire de la femelle, et l'un des os brisés a tranché sa carotide. Elle est morte en quelques instants.

Il n'y avait personne, cette nuit-là, derrière les écrans de surveillance. Personne pour voir Thalia agoniser, personne pour appeler à l'aide. Tout le monde avait été réquisitionné pour anticiper le pire. Mettre les animaux en sécurité, au cas où. Il y avait la pluie, et surtout l'alerte rouge lancée par la préfecture.

Même si quelqu'un s'était trouvé ce soir-là derrière les caméras, même si on avait aussitôt prévenu l'équipe vétérinaire, on n'aurait pas pu sauver l'orque, on n'aurait pas eu le temps. C'est ce que nous a assuré le grand chef, lorsqu'il nous a réunis.

On n'entend pas le bruit, le film de la vidéosurveillance est sans son, mais il y avait tellement de vent, plus le bruit de l'eau, ces choses flottantes qui s'entrechoquent. Babou et Titan avaient dû être terrorisés. Les minutes sont interminables. On les voit lutter pour rester à la surface des eaux.

Et puis le calme revient.

Ils sont épuisés, tous les deux. On devine les blessures, sur leurs corps sans doute meurtris par les branches et les pièces de tôle charriées par le courant, des morceaux de peau arrachés et pendants qui laissent voir la chair rose au-dessous.

Babou garde les yeux fermés. On voit Babou disparaître de plus en plus souvent sous la ligne de flottaison. Et c'est alors que ça arrive. Titan pousse du rostre Babou, tout doucement, avec délicatesse. Le petit ne réagit pas, on pourrait penser qu'il est mort s'il n'ouvrait pas les yeux, de temps en temps. Titan sait visiblement ce qu'il fait. Il pousse Babou, il le fait avancer au milieu des ordures, jusqu'à la digue. Et là, il se colle à lui, et sur le moment, je ne comprends pas ce qu'il fait.

Titan a maintenu Babou à flot, c'est ça, ce qu'il a fait. Il lui a sauvé la vie en lui permettant de respirer. Ça a duré de longues heures. L'effort a dû lui coûter une énergie folle, il fallait rester en place, faire pression, un peu, mais pas trop.

Quatre heures quatorze : c'est l'heure indiquée sur l'écran, en bas à droite, lorsque s'arrête le film de la caméra de surveillance. Après, plus rien. Le noir. L'humidité a fini par atteindre le tableau électrique et par tout faire disjoncter.

L'inondation annoncée et redoutée a miraculeusement épargné la ville. À quelques kilomètres à peine pourtant, il y a une semaine, c'était la désolation : des maisons envahies par une boue épaisse, des voitures emportées par les flots, des morceaux de route effondrés. Mais dans le parc, rien ou presque : juste la capsule, abîmée, parce qu'elle se trouvait en sous-sol. L'eau avait également détruit la chaudière centrale, il y avait du fuel, un peu partout, et notamment dans le grand bassin, le carburant s'était infiltré dans le système de filtration. Des arbres cassés, de la tôle arrachée, à droite et à gauche, des pots renversés.

Au petit matin, quand ils sont enfin venus voir les orques, ils ont découvert l'horreur. Le corps de Thalia flottait sans vie au milieu des objets divers amenés là par la vague, Babou gisait sur le quai, mal en point, mais vivant.

Quant à Titan, il avait tout simplement disparu.

Ce jour-là, le jour de la capture, l'Américain, qui recrutait des pêcheurs et distribuait des billets, c'était moi. Je faisais partie des quatre Américains qui ont organisé la capture. J'ai bien convoyé un voilier, jusqu'à l'Islande. Mais sur place, je les ai retrouvés. Même pas des copains d'enfance. Des connaissances, rencontrées à l'occasion d'une escale, dans un port.

On avait trouvé cette idée dans un magazine de pêche. Capturer des mammifères marins puis les vendre à des parcs. On était jeunes. On était sans scrupules. On s'était dit qu'il y avait moyen de se faire beaucoup d'argent, avec peu d'efforts. On avait d'abord pensé à attraper des dauphins, mais on s'était dit que des épaulards, ça rapporterait plus de fric.

Je ne pilotais pas l'un des bateaux, comme je lui ai dit. J'ai fait le sale boulot, au milieu des autres pêcheurs. Dévider les filets. Jeter les bombes sonores, dans l'eau.

C'est moi qui ai passé le lasso au cou de la grosse femelle. C'est moi qui ai serré, serré, jusqu'à ce que la corde entre dans les chairs tellement fort que le sang s'est mis à couler. Elle s'est agitée, longtemps, avant de lâcher prise.

Cette femelle, c'était la mère de Titan. Comment je peux le savoir ? Elle était comme lui. Noire. D'un noir uniforme et magnifique.

La seule chose qui me console, c'est que je n'ai pas accepté l'argent. Pas un centime. Après cette journée de boucherie et de violence, je n'ai jamais revu les autres.

Elfie

Ça y est, je suis libre. Ou presque. Dans quelques jours, je m'envole pour l'Islande. Suivre Babou.

On aurait pu le perdre. Il aurait pu ne pas réchapper de cette inondation. L'espérance de vie de Babou, sans sa mère, alors qu'il était loin d'être sevré, était en effet quasi nulle. Il a fallu s'organiser, et vite. Le parc n'avait pas les moyens de répondre à cette situation d'urgence : cela nécessitait le personnel, le matériel, le bassin adaptés, autant dire un gros investissement. Ils avaient à gérer les dégâts dans la capsule, et dans le grand bassin.

Mais ce qui a fait la différence, c'est la presse. On n'a jamais su qui avait fait pénétrer les journalistes dans le parc, mais dès les premières heures de la matinée, ils étaient là. Ils sont arrivés presque en même temps que nous. Ils ont filmé. Babou, épuisé et blessé, sur le quai. Le cadavre flottant de Thalia. À treize heures, ça passait déjà au journal télévisé régional, à vingt, dans tous les bulletins d'informations nationaux.

Plusieurs centres se sont proposés, pour accueillir Babou. Le temps pressait. Les militaires de la base aérienne ont mis à disposition leur avion, pour le transport. La direction du parc a cédé sous la pression médiatique. En moins d'une semaine, tout était réglé, et Babou se retrouvait en Islande.

Au départ, il ne s'agissait que de l'accueillir pour des soins. C'était la spécialité du centre, les soins aux animaux blessés. Mais ce bébé orque privé de sa mère, dont la captivité n'avait jusqu'ici intéressé personne, est devenu l'emblème de la souffrance animale. Ça a commencé par un blog dédié à Babou, et par une pétition. S'en est suivi un incroyable mouvement de solidarité.

Babou restait leur propriété. Il valait beaucoup d'argent. Il fallait quelqu'un sur place, pour rappeler à tous d'où venait Babou, et où il retournerait. Il n'y avait désormais plus de spectacle d'orques, au parc. Alaska, toute seule pour le show, ça ne ressemblait à rien. Elle servait juste pour les photos, à travers la paroi vitrée. Les deux dresseurs des femelles avaient été casés aux soins, en attendant que l'on ait à nouveau besoin d'eux. C'est à eux qu'on avait fait la proposition, dans un premier temps, de suivre Babou en Islande. Ils avaient l'expérience. Mais ils avaient tous les deux une famille, des enfants. Moi, j'étais libre comme l'air. J'ai dit oui, tout de suite, sans réfléchir. Oui, j'accompagnerais Babou en Islande. Oui, je veillerais sur lui.

La campagne de solidarité est devenue ce qu'elle est devenue. Japon, Australie, États-Unis : il ne se passait pas une semaine sans que l'on reçoive une équipe de tournage venue de l'autre bout de la planète. Au bureau de l'association qui s'était créée dans les jours suivant la tempête, les lettres et les dessins d'enfants affluaient. Mais aussi des fonds, de l'argent, beaucoup d'argent. Les objets commerciaux à l'effigie de Babou se vendaient comme des petits pains.

Six mois plus tard, le POP lâchait prise. Les dirigeants acceptaient la compensation financière proposée par l'association. Babou n'appartenait plus au parc. Pour la première fois de son existence, Babou n'était plus la propriété de personne. Dès lors, son avenir changeait. Il ne s'agissait plus seulement de soigner un animal blessé. Il s'agissait de le rendre à son environnement naturel. Il s'agissait de rendre un animal à la liberté.

Et moi, je donnai ma démission. Je n'ai pas hésité. Pas une seconde. Je voulais rester près de Babou. Le protéger, comme je n'avais pas su le faire avec Titan.

Job n'a rien dit, lorsque je lui ai annoncé ma décision. Mais j'ai lu toute la déception, sur son visage.

– Tu viendras bientôt me rendre visite ? j'ai dit.

Pour toute réponse, je n'ai eu qu'un pauvre sourire triste. On savait tous les deux que notre jeune histoire s'arrêterait là.

Je me suis levée tôt. J'ai envie de profiter de chaque minute, avant mon départ. J'aime tellement mon océan, ma ville, ma région. Je veux m'en imprégner. Je veux les emporter avec moi, partout. Le rouge et le blanc des maisons. Le vert profond des prairies. Les somptueuses couleurs des couchers de soleil sur l'Atlantique. L'odeur de fuel des bateaux de pêche.

Robbie est introuvable. J'ai interrogé les gens du parc : personne ne l'a vu, depuis l'inondation. Je ne sais pas s'il sait, pour Titan. Il n'a pas répondu aux messages que j'ai laissés sur son portable. Au début, mes appels sonnaient dans le vide. Maintenant, je tombe directement sur la messagerie. J'avais dans l'idée de grimper jusqu'à sa maison, avant de partir. Mais je ne l'ai pas fait. Il serait bien le seul habitant de la ville à n'avoir pas entendu parler du nouveau destin de Babou. Et de la disparition de Titan.

Elfie

Je n'ai jamais pris l'avion. Ni un grand, ni un petit. Même sur les manèges j'avais bien trop peur pour grimper dans le petit appareil à hélice bleu, c'est à cette place qu'on est le plus près du pompon. J'en ai toujours fait un complexe, de devoir répondre ça, lorsque l'on me posait la question, à l'heure où on prend un vol comme on prend le train, et où tout le monde va voir ce qui se passe ailleurs. L'envie, je l'ai toujours eue. L'envie de partir, de me promener à la surface du monde. Pas l'argent.

Maman non plus, n'a jamais pris l'avion. Elle ne s'est jamais éloignée de sa ville. Alors quand je lui ai annoncé que je partais, elle est entrée en panique.

– Il te faut absolument des bas de contention, pour le voyage, ça favorise le retour veineux. Il paraît que c'est un sérieux problème, le retour veineux, quand on fait un long voyage en avion. Il paraît que les veines peuvent gonfler gonfler. On se retrouve avec des vaisseaux sanguins gros comme des limaces.

Je l'ai écoutée, j'avais envie de lui faire plaisir. Un fils en Asie, une fille en Islande, ça fait un peu beaucoup pour elle. Heureusement, il y a Patrick, pour s'occuper d'elle…

J'ai acheté les fameux bas de contention, résultat ce matin, ce qui m'a demandé le plus de temps, alors qu'évidemment j'étais à la bourre, c'est d'enfiler ces choses. Imaginez-vous essayer de glisser votre pied dans un tuyau d'arrosage. Eh bien enfiler un bas de contention, c'est beaucoup plus difficile. Mais la pharmacienne avait prévenu : il semble que ce soit normal que ces trucs serrent comme des pièges à loups.

Depuis une semaine, maman a tout un tas d'informations, plus flippantes les unes que les autres, à me transmettre au sujet des divers incidents qui peuvent arriver en vol… Maman a toujours eu du goût pour les catastrophes. Hier soir, dernier repas, avec elle, derniers moments toutes les deux. La soirée était douce, propice à la tendresse, à la confidence. Elle avait préparé mon plat préféré, une blanquette de veau sublime, accompagnée d'un risotto qui fondait littéralement dans la bouche. Et pourtant, autour du repas somptueux qu'elle avait concocté pour moi, ça donnait ça :

– … Remarque qu'à l'atterrissage il peut s'en passer de bien belles aussi. Tu connais la remise de gaz ?

– Non maman, connais pas la remise de gaz et je ne suis pas sûre d'avoir envie là tout de suite que tu me…

– Tu ne connais pas ? Une ho-rreur !...

– Maman !

– C'est très simple. Un incident somme toute très courant. Tu es là, tranquille, ta ceinture bien attachée, tu vois le sol se rapprocher, une légère secousse, les roues ont enfin touché le sol, et là le pilote remet les gaz, mais alors à fond les gaz hein, pas à moitié, et c'est reparti mon kiki pour un décollage gratuit ! Ça se passe lorsqu'un autre avion se présente trop vite à la suite, derrière, pour l'atterrissage.

Maman a parlé beaucoup. Elle a rempli l'air de paroles légères alors que j'avais envie qu'on se dise des choses. J'avais envie d'entendre qu'elle m'aimait. Que j'allais lui manquer. Qu'elle viendrait me voir, souvent. Que l'Islande, ce n'était pas si loin. Et puis qu'avec Internet, on pourrait parler, tous les soirs. J'avais aussi envie qu'elle me dise qu'elle était fière de moi. Que je faisais le bon choix. Mais elle n'a rien dit de tout ça. Je ne peux pas lui en vouloir. Il s'est passé tellement de choses, en si peu de temps. Elle n'était pas préparée à ce que je la quitte comme ça. Il a fallu cette perspective de voyage pour que je me rende compte de la place qu'elle tient dans ma vie. Cette perspective de séjour, plutôt, parce que je n'ai pas de billet retour, dans mon sac.

Je n'ai pas revu Raphaël. Tout s'est fait très vite. Il habite si loin, on se voit si peu. On s'est dit au revoir au téléphone. Il a dit qu'il viendrait, là-bas, enfin du moins qu'il essaierait de venir, c'était ça, ses mots. Mais je sais bien que ça n'arrivera pas. Il a son boulot. Son boulot. Son boulot…

Si je ne veux pas monter dans cet appareil équipé de quatre réacteurs Pratt & Whitney PW4062 c'est maintenant qu'il me faut faire une crise d'épilepsie, d'hystérie, manifester un syndrome de personnalités multiples en mordant férocement l'avant-bras nu de l'hôtesse. Mais je ne fais rien de tout ça. Je quitte la passerelle, je pose le pied dans l'avion.

Si on m'avait laissé le choix j'aurais nettement préféré ne pas voir la tête du commandant de bord. C'est sûr c'est vraiment très gentil à lui de se poster à l'entrée pour saluer ses passagers, mais je serais plus tranquille s'il était à l'intérieur, à vérifier ses manettes et ses boutons.

La vérité c'est que ce commandant n'a pas une tête très commandant commandant… Plutôt une tête de geek qui passe ses nuits sur des jeux en ligne je dirais.

Je l'aurais préféré plus âgé. Avec moins de cheveux aussi. Un début de calvitie, ça aurait été idéal. Moins décontracté. Et un peu plus grand aussi, je suis sûr qu'assis il ne doit atteindre les boutons fixés au plafond que du bout des doigts et que ses pieds atteignent tout juste la pédale des freins.

Je m'installe sur le fauteuil qui m'est attribué. Je pense à des trains d'atterrissage qui ne rentrent pas, à des bombes cachées dans la soute à bagages, à des masques à oxygène qui tombent du plafond et qu'on ne peut pas attraper, à un gilet de sauvetage trop petit pour moi, à des pilotes qui meurent d'une crise cardiaque et à des 747 qui plongent tout droit vers le sol. Je pense à des remises de gaz, merci maman.

Ça commence par un frémissement. L'avion s'ébroue comme un chat aux aguets, prêt à sauter sur sa proie, et puis c'est parti, l'accélération est brutale et me colle au siège, l'avion tremble maintenant de partout, comme un 4 x 4 lancé à vive allure sur un chemin défoncé.

Ma peur a laissé la place à une excitation intense et agréable. Je sens que quelque chose d'extraordinaire est en train de se passer, quelque chose dont je fais partie : ce gros chat que je croyais gras et pataud va investir le ciel, avec moi sur son dos. Le chaos grandit, grandit et puis l'avion s'arrache enfin à la terre. Tout devient alors plus doux, même si tout continue à trembler.

Je ressens un vertige qui ne dure que quelques secondes, comme un grand vide dans ma boîte crânienne. L'avion continue à monter, secoué de temps à autre par la masse atmosphérique. On traverse une bande de nuages. Au-dessus de l'étendue cotonneuse le soleil est là. C'est tout simplement fabuleux. Le ciel est d'un bleu extraordinaire, juste griffé de quelques écharpes blanches de vapeur d'eau. Au-dessous, la ville ressemble à une maquette qu'un passionné aurait construite avec minutie, et les champs de céréales, autour d'elle, brillent comme des feuilles d'or.

Quelques minutes encore et le 747 retrouve une position plus horizontale. J'aurais aimé qu'il continue sa course oblique, jusqu'à se rapprocher un peu de Proxima du Centaure. Le régime du moteur a été abaissé, on ne ressent plus la moindre secousse.

Un petit signal sonore se fait entendre : au-dessus de ma tête, le voyant *Attachez vos ceintures* s'est éteint.

Ça y est. Nous sommes en vol. Et il peut bien arriver n'importe quoi, maintenant que j'ai vécu ce moment extraordinaire.

La première fois qu'on met les deux pieds dans la mer. La première fois qu'on embrasse quelqu'un. La première fois qu'on touche de la neige. Qu'on voit naître un petit veau. Qu'on dort au clair de lune.

La première fois qu'on vole.

Là maintenant je voudrais pouvoir serrer la main de quelqu'un. Pas pour apaiser ma peur cette fois, mais pour partager cette émotion qui me submerge comme une vague.

J'imagine que Titan a nagé. Il a nagé aussi vite, aussi longtemps et aussi loin qu'il le pouvait, aussi loin que ses forces le lui permettaient, en direction du large, pour s'éloigner autant que possible de la côte et de l'eau boueuse qui s'y déversait. Il est libre, il avance dans une eau sans limites.

Mon bras gauche me fait de moins en moins mal. Quand je me sentirai mieux, il faudra que j'aille à l'hôpital, j'ai perdu beaucoup de sang. Mais tout à l'heure. Là, je me sens tellement fatigué. Je veux juste me poser, un peu, je veux penser à lui.

Lui aussi doit être fatigué. Tous ses muscles lui font mal.

Il fait jour depuis longtemps maintenant. Il fait soleil, et il n'y a pas le moindre vent. L'eau a cessé de tomber. L'océan doit être lisse et brillant. Il faudra que je regarde, par la fenêtre. Tout à l'heure, mais tout à l'heure.

Titan flotte à la surface de l'océan, au gré du courant. Il est blessé, à droite et à gauche, des morceaux de peau qui manquent, des endroits qui brûlent. Des tas de choses coupantes flottaient à la surface des eaux, près de la côte, il a eu beaucoup de mal à se frayer un chemin parmi elles au début. Certaines ont dû le heurter.

Il se sent tellement fatigué. Il a tellement faim. Le chemin s'arrête là.

Il se passe quelque chose, l'eau bouge différemment. Quelque chose s'approche de Titan. C'est gros. Un bateau, peut-être. Si Titan n'était pas aussi épuisé, il saurait, il devinerait de quoi il s'agit. C'est de ma faute, j'ai mis trop de temps à décrocher le câble en acier, à ouvrir la digue flottante. L'eau était tellement froide, mes doigts refusaient de faire ce que je leur ordonnais. Et puis tout bougeait, autour de moi. Mais j'ai fini par y arriver.

J'ai mis de longues minutes à me hisser hors de l'eau, et c'est à ce moment-là que je me suis rendu compte que j'étais blessé. À la cuisse, et au bras. Ça pissait le sang. Il fallait que je dégage, avant que quelqu'un ne débarque. Mais je ne pouvais pas. Il fallait que je le voie partir. Pour Babou, il n'y avait plus rien à faire, le petit gisait sur le quai, il n'avait aucune chance de pouvoir se débrouiller dans l'eau. J'ai attendu, le dos appuyé contre un mur, que Titan comprenne qu'il était libre.

Plus tard, je me suis traîné jusqu'à la maison. Je voulais être chez moi. Me reposer, juste un peu. Après, on verrait.

J'ai froid. J'ai tellement froid.

Elles sont deux. Deux jeunes femelles, qui s'approchent lentement de lui. Blanc et noir. Elles sont de son espèce.

Titan ferme les yeux et attend les morsures. C'est certain, il n'aura pas la force de se défendre. Il lui faudra subir, en espérant que les coups ne dureront pas longtemps, en attendant que le calme revienne.

Mais il ne se passe rien.

Elles sont maintenant si proches de Titan qu'il peut sentir la chaleur de leurs corps. Il sent aussi qu'elles n'ont pas peur, elles sont seulement curieuses. Elles sifflent, elles caquettent, elles essaient de communiquer avec lui, elles communiquent aussi entre elles, mais Titan ne comprend pas leur langage.

Et soudain, les orques disparaissent. Aussi rapidement qu'elles sont apparues, laissant juste derrière elles un sillon de remous.

Et puis elles reviennent. Elles sont trois, cette fois, un mâle les accompagne. La plus petite femelle s'approche aussi près que possible de la gueule de Titan et ouvre en grand la sienne. Des poissons, elle lui apporte des poissons. Elle lui apporte à manger.

Elfie

Je me suis réveillée en même temps que le soleil, avec cette excitation à l'intérieur de moi, cette électricité sous la peau, comme une onde. La dernière fois que j'ai ressenti ce tumulte intérieur, nous étions en juillet, et les résultats du bac allaient tomber. Je m'étais levée à l'aube, emplie de cette énergie positive, l'attente d'un événement dont je savais qu'il allait tout changer, qu'il était le début de quelque chose, en bagarre avec l'incertitude, la fragilité : et si je restais seule, là, coincée encore un an au seuil de mon avenir ?

Je me sens dans le même état, et j'ai envie d'en profiter. Respirer moins vite, penser moins vite, tout faire moins vite pour ralentir le temps. Que chaque instant de cette miraculeuse journée puisse se nicher profondément en moi, pour que toujours je m'en souvienne, qu'il me suffise à tout moment de fermer les yeux pour retrouver ce mélange de bonheur intense et d'appréhension.

Aujourd'hui, Babou va faire sa première sortie seul, là tout près, dans l'océan dont on entend à peine le murmure. Pour la première fois de son existence, il va connaître la liberté et explorer un espace sans bornes. Loin de la rive et des hommes, il va pouvoir accélérer, tourner, descendre et monter sans risquer de se blesser. Sauter et faire des éclaboussures sans spectateurs et sans flashs.

La maison est silencieuse, tout le monde dort encore. Je n'ai pas regardé ma montre, je veux pouvoir imaginer que ce moment de solitude et de silence va durer.

J'écarte les rideaux fleuris. J'ouvre la fenêtre de la chambre. J'ouvre les volets qui grincent aussi doucement que possible, et alors l'air froid de ce matin d'été entre en grand dans la pièce et me pique les poumons.

Le ciel orangé au bout de la lande vert poudré, au loin la vague blanche mouvante d'un troupeau de moutons, l'agriculteur là-bas qui travaille déjà, et le nuage bleuté de poussière autour de son tracteur, avec derrière les montagnes noires, les sommets comme couverts de suie, mais quelle beauté !

J'aime déjà profondément cet étrange pays sans nuits, qui ne ressemble à rien de ce que je connais. Bien sûr que je pourrais vivre là, entre la glace et la mer, lovée pour toujours dans l'une de ces maisons aux toits couverts d'herbe verte, perdues dans l'immensité de la nature. C'est ce que j'avais répondu à maman, lorsqu'elle m'avait posé la question, après m'avoir demandé pour la énième fois quand est-ce que je rentrais.

– Enfin, Elfie, mais c'est si petit cette île ! Et si froid ! Tu sais ce que j'ai lu, sur Internet ? Que jusqu'en 2015, un décret autorisait les Islandais à tuer des Basques, tu as oublié tes origines ?

– Mais maman, depuis quand on est basques ! Ta famille vient de Bourgogne et celle de papa de Lille !

– Ne parle pas de ton père. Je t'interdis de parler de ton père. Surtout au téléphone. Mais tu aimes tellement le soleil, ma chérie, comment peux-tu te passer du soleil !

Tu ne sais pas, maman, que le soleil, ici, pendant des mois, ne se couche jamais ? Que les agriculteurs travaillent les champs au beau milieu de la nuit ? Tu sais qu'on vit dans la magie, qu'on côtoie tous les jours *Huldufólk*, le peuple caché des elfes et des lutins ?

Les biologistes ont trouvé une solution, pour me permettre de rester. Un contrat de stagiaire. Il m'a suffi de m'inscrire à la faculté des sciences. Peut-être qu'ils m'autoriseront à rester pour toujours. C'est ce que Donald m'a laissé entendre hier. Au moment où je lui souhaitais bonne nuit. Au moment où l'on se séparait à regret, avec devant nous la perspective de cette nuit sans fin, cette excitation qui allait empêcher notre sommeil, l'impatience que le jour se lève sur ce moment unique.

– Au fait, Elfie. On a peut-être trouvé une solution, avait-il dit.

À voix basse parce que les autres étaient couchés depuis longtemps et que les cloisons de notre maison étaient minces comme du papier à cigarette.

– Une solution… une solution pour quoi ?

– Une solution pour te garder ma grande. Une solution pour que tu restes avec nous.

Donald avait souri en grand. Il avait montré ses dents blanches approximativement alignées, et mon cœur avait fait une pause de quelques secondes dans sa course, avant de reprendre de plus belle. À cet instant, j'avais ressenti plus que jamais qu'eux tous, étaient ma famille. Qu'au milieu d'eux, je n'aurais plus besoin de rien ni de personne.

Ce centre est réservé à des scientifiques, il n'y a pas de place pour les gens comme moi ici. Toutes les personnes qui y travaillent ont la formation et l'expérience qui vont avec le poste. Chacune d'elle a gagné durement sa place. Ils sont dix, au total. Dix biologistes passionnés qui ne regardent ni le temps ni les efforts donnés. Sept Islandais, deux Canadiens et un Français. Ils n'étaient pas du tout chauds, au départ, pour accueillir Babou, ici.

C'est Vincent, qui a insisté. Qui a travaillé les autres au corps, jusqu'à ce qu'ils acceptent. Pas parce qu'il était français, mais parce qu'il avait vu mourir un petit, une fois. Qu'il se sentait responsable de sa mort. Et qu'il voyait ce sauvetage comme une occasion de se racheter. Les autres étaient réticents. Ils ne voulaient rien avoir à faire avec ce parc puant. Ils voyaient cet accord comme un marché de dupes.

Une fois qu'ils eurent dit oui, tous, une fois que le groupe eut accepté, plus jamais une seule réticence, ils se sont tous lancés à fond dans le projet. Babou, c'est leur petit à tous.

Leur première mission, ici, c'est de suivre l'état de conservation des mammifères et oiseaux marins dans les eaux islandaises. Ils mesurent ça grâce à l'abondance et la distribution actuelles des espèces, leur santé, leur fécondité, et la comparaison de ces données avec celles des années précédentes. La seconde mission du centre, c'est de venir en aide à des mammifères blessés : phoques, dauphins en difficulté, blessés ou échoués, tortues marines abîmées par les hélices des bateaux. De les secourir lorsqu'on les signale, d'abord, puis de les soigner, en vue d'une remise en liberté dans leur milieu naturel.

Je mesure chaque jour la chance que j'ai, et le concours de circonstances qu'il a fallu pour que ce soit moi qui accompagne Babou dans cette aventure.

La maison appartient au centre. Les scientifiques ont le choix d'y habiter, ou pas. Y logent ceux qui n'ont pas d'enfants. Les autres se sont trouvé de jolies maisons à droite et à gauche.

Cela fait un peu plus d'un an que nous sommes ici, aux côtés de Babou. Il vit dans un gigantesque bassin, aménagé dans la baie. Il lui a fallu tout apprendre. Le froid de l'eau. Le mouvement des marées. La violence des tempêtes. Pêcher, manger des poissons vivants. Il sait faire maintenant, il est prêt. À vivre libre. À rejoindre un groupe et commencer enfin sa vie.

Il y a encore des hommes, qui viennent le regarder, derrière une vitre qui donne sur le bassin. Mais plus de flashs, et plus de tours ridicules à exécuter. Ici Babou est un être vivant respecté.

Aujourd'hui Babou va sortir, seul. Sa première balade en liberté. Là, debout devant ce paysage somptueux, je veux m'emplir de cette pensée, je me concentre, et convoque toute l'empathie dont je suis capable, pour vivre cette idée en pleine conscience, imaginer ce que l'animal va ressentir. Je me sens si heureuse, et si en colère à la fois, lorsque je pense à ces années de captivité qu'on lui a imposées, lorsque je pense à ces animaux et leur époustouflante beauté, partout dans le monde, capturés et séparés à jamais de leur famille, privés de la richesse de leur vie sociale, réduits à n'être que des objets, à n'être considérés que comme des singes savants contraints d'exécuter chaque jour les mêmes gestes vides de sens, soumis aux privations et punitions, exposés aux morsures de leurs congénères rendus agressifs par la captivité, condamnés à l'ennui et la solitude infinie, ces animaux dont on nie la faculté de souffrir, d'être malheureux.

Je pense à Titan. Je ne peux pas faire autrement que de penser à Titan.

Greg sera là, bien sûr. Il est américain. Il est plus vieux que moi, de beaucoup, mais qu'est-ce qu'on s'en fiche, non ? Je suis amoureuse.

C'est arrivé devant les casiers, dans le local, à la sortie de la cuisine. Le mien est dans un recoin.

J'ai senti sa chaleur, quand il s'est approché. Il a pris ma taille entre ses mains grandes et brunes. Il a serré. Il a approché son grand corps brun et il a posé ses lèvres sur les miennes. Il a serré ma taille, plus fort. J'ai entrouvert mes lèvres et j'ai senti sa langue pénétrer ma bouche. J'ai eu l'impression que mon sang se changeait en champagne, je n'étais plus qu'un bouquet de muscles tendus, irrigués par ce flux de bulles folles, de gaz carbonique hystérique. J'avais envie de n'être rien, de n'être rien d'autre que moi entre ses mains, pour toujours, mais il a dénoué l'étreinte et il m'a laissée comme il m'avait prise.

Par surprise. Et depuis, plus rien.

Là vraiment, je crois que je suis amoureuse. C'est la première fois, depuis Job. On ne s'est pas quittés fâchés, on s'est éloignés, simplement.

Et je redécouvre qu'être amoureuse, ça n'est pas forcément être heureuse.

La plupart du temps, je me sens irritable, nerveuse, soucieuse, impatiente, agitée, épuisée. Je me sens tendue vers lui nuit et jour. J'ai le cœur qui bat beaucoup trop vite, tout le temps, j'ai peur qu'il ne s'arrête trop tôt, qu'il ne s'épuise. Cet homme est aussi ma raison de rester. Il pourrait tout aussi bien être ma raison de partir.

Je veux pouvoir le regarder. Je veux le voir sourire, bouger, je veux attendre que par accident son regard se pose sur moi, comme un petit papillon, pour s'envoler aussitôt. Un petit papillon coloré aux pattes délicates, une caresse douce comme le velours rouge des fauteuils de cinéma.

Je veux mes bras comme l'équateur d'une petite Terre, autour de lui.

Je veux serrer serrer son corps et poser la tête au creux du cou, là où je peux entendre le bruit du sang. Je veux me poser partout sur lui comme un exosquelette. Sa chaleur est tellement douce. C'est une chaleur tellement extravagante. Je veux la sentir encore.

Au centre, j'ai été accueillie comme une ennemie par les biologistes. Je représentais les intérêts mercantiles du parc, quand eux œuvraient pour la liberté des animaux. Mais leur attitude à mon égard a rapidement changé. Parce que je m'investissais dans les soins aux animaux. Parce que je posais beaucoup de questions. Ils ont oublié la raison de ma présence parmi eux.

À son arrivée en Islande, on a implanté dans l'aileron dorsal bien droit de Babou un petit émetteur satellite. Ça va nous permettre de le suivre. De voir ce qu'il va faire de cette première balade. Où il va aller, quels courants vont le porter, combien de kilomètres il va parcourir. Ça enregistrera toute son activité, les mouvements, le rythme cardiaque, la température.

Babou est venu à notre rencontre. Il entend les voitures, chaque matin, de très loin, même. Et alors il vient nous attendre au bord du quai. Il nous laisse le caresser. Il se tourne et se retourne, content de nous voir, comme chaque jour. Il ne sait pas que ce matin est différent des autres matins.

Il n'y a que nous. Les biologistes, leurs enfants, pour ceux qui en ont, et moi. La presse n'a pas été prévenue. Il y aurait eu tout un tas de badauds, et ça aurait risqué de paniquer Babou. Ou de l'exciter. Bref, de nuire à cette première remise en liberté. Première remise en liberté, parce que selon toute vraisemblance, Babou reviendra, d'ici une ou deux heures. Cet enclos, c'est sa maison, son havre de sécurité. Il partira chaque jour un peu plus loin, et un peu plus longtemps, jusqu'au jour où il ne reviendra pas. L'espoir, pour nous, est qu'il rencontre une famille qui l'accepte parmi les siens. Il n'est pas fait pour vivre seul.

Qu'il revienne dans deux ou trois heures, c'est ce qui est prévu, mais on ne peut s'empêcher de penser… et s'il était pris de panique, et s'il filait tout droit, et qu'il ne retrouvait pas son chemin ? Et s'il se prenait les ailerons dans de vieux filets ? Il y en a plein, qui traînent, au fond, même ici, au fin fond du monde, la mer est un vrai dépotoir ! Et s'il avalait par mégarde un sac plastique ? Et s'il se faisait attaquer par l'un des siens ? C'est le moment du meilleur, mais on ne peut s'empêcher d'imaginer le pire.

C'est notre enfant, à tous.

On parle à voix basse, comme on le ferait dans la chambre d'un malade, alors que c'est, en ce qui me concerne, le jour le plus éclatant de toute ma vie, que je devrais sauter, crier, chanter à tue-tête. Mais l'émotion est si intense, entre nous, que les mots peinent à sortir de nos bouches, ils y restent prisonniers. Alors on dit juste le nécessaire. Même les enfants sont silencieux. Celui qui fait le plus de bruit, finalement, c'est Babou, qui caquette à n'en plus finir, comme il le fait lorsqu'il est content.

Les conditions météorologiques sont parfaites. On avait craint l'arrivée d'une tempête, mais elle est passée plus au large, et les jours à venir promettent d'être aussi tranquilles que cette journée. L'océan est parfaitement paisible.

Un dernier baiser sur le rostre, et c'est le moment.

Quelqu'un, à l'intérieur, actionne le mécanisme qui ouvre la grille métallique sous-marine, et revient vite nous rejoindre. Tout le monde veut être là. Tout le monde veut voir, à quoi ça ressemble, la liberté.

Babou a très bien vu, ce qui s'est passé, il a très bien compris, ce que le changement de position de la barrière impliquait, mais il fait semblant de ne pas être intéressé. Il continue à batifoler, à faire le joli cœur, le troubadour, dans l'espoir qu'on lui donne du poisson. Mais du poisson, on ne lui en donne plus, depuis quelque temps. À lui de l'attraper, s'il a faim. Il faut qu'il se débrouille tout seul, maintenant.

Babou a compris qu'il n'obtiendrait plus rien de nous, ni caresse, ni poisson. Et il y a ce changement, dans son environnement, qui l'interpelle. Quelque chose s'est modifié, dans le courant qui alimente le bassin. On dirait l'eau plus libre, moins empêchée. Il va voir de plus près ce qui se passe, et il comprend. Que l'océan lui est ouvert. Que l'infini de l'océan est à lui. Qu'on le laisse partir.

Quelques allers-retours, encore, du quai aux limites extérieures du bassin. Et puis il ose. Il sort. L'animal reprend ce qu'on lui a volé : toute une vie de liberté.

note de l'auteur

J'ai vu le film documentaire de Gabriela Cowperthwaite, « Blackfish », sur Arte. Ce film raconte l'histoire de l'orque Tilikum, capturée dans l'océan. Cette orque a tué trois personnes durant sa captivité. Elle est morte en janvier 2017. Le documentaire raconte la souffrance des cétacés en captivité. J'ai été bouleversée par ce documentaire. J'ai voulu moi aussi raconter cette souffrance.

Mais la condition des orques captives est en train de changer. Le 3 mai 2017 a été publié un arrêté « fixant les caractéristiques générales et les règles de fonctionnement des établissements présentant au public des spécimens vivants de cétacés ». Il interdit notamment la reproduction de ces animaux. Ceux qui sont captifs actuellement le resteront ; mais les parcs sont désormais tenus de leur assurer de meilleures conditions de vie. « *La reproduction des orques et des dauphins actuellement détenus en France est désormais interdite. Ainsi, seuls les orques et les dauphins actuellement régulièrement détenus peuvent continuer à l'être, sans ouvrir à de nouvelles naissances.* »

Ce qui signifie, à terme, la disparition des orques et dauphins en captivité.

Mais cet arrêté a été annulé du fait d'une « procédure irrégulière », après un recours des parcs français.

Même si je me suis inspirée de la vie de Tilikum, ce roman est une pure fiction, les lieux dans lesquels se déroule l'histoire n'existent pas.

Ouvrage réalisé par
Cédric Cailhol Infographiste.

Reproduit et achevé d'imprimer
par l'Imprimerie Corlet à Condé-en-Normandie
en décembre 2019.

Dépôt légal : avril 2018
N° d'impression : 19110630
ISBN : 978-2-8126-1597-9

« Loi n°49-956 du 16 juillet 1949
sur les publications destinées à la jeunesse »

Imprimé en France